# まぜごはん

内《うち》田《だ》麟《りん》太《た》郎《ろう》 詩集

長野ヒデ子 絵

JUNIOR POEM SERIES

序《じょ》詩《し》

# ぽぽ

たんぽぽの　そばに
はとぽっぽが　いたよ
「ぽぽ」
「ぽぽ」
って　ないてたよ
たんぽぽさんの　なまえだね

# もくじ



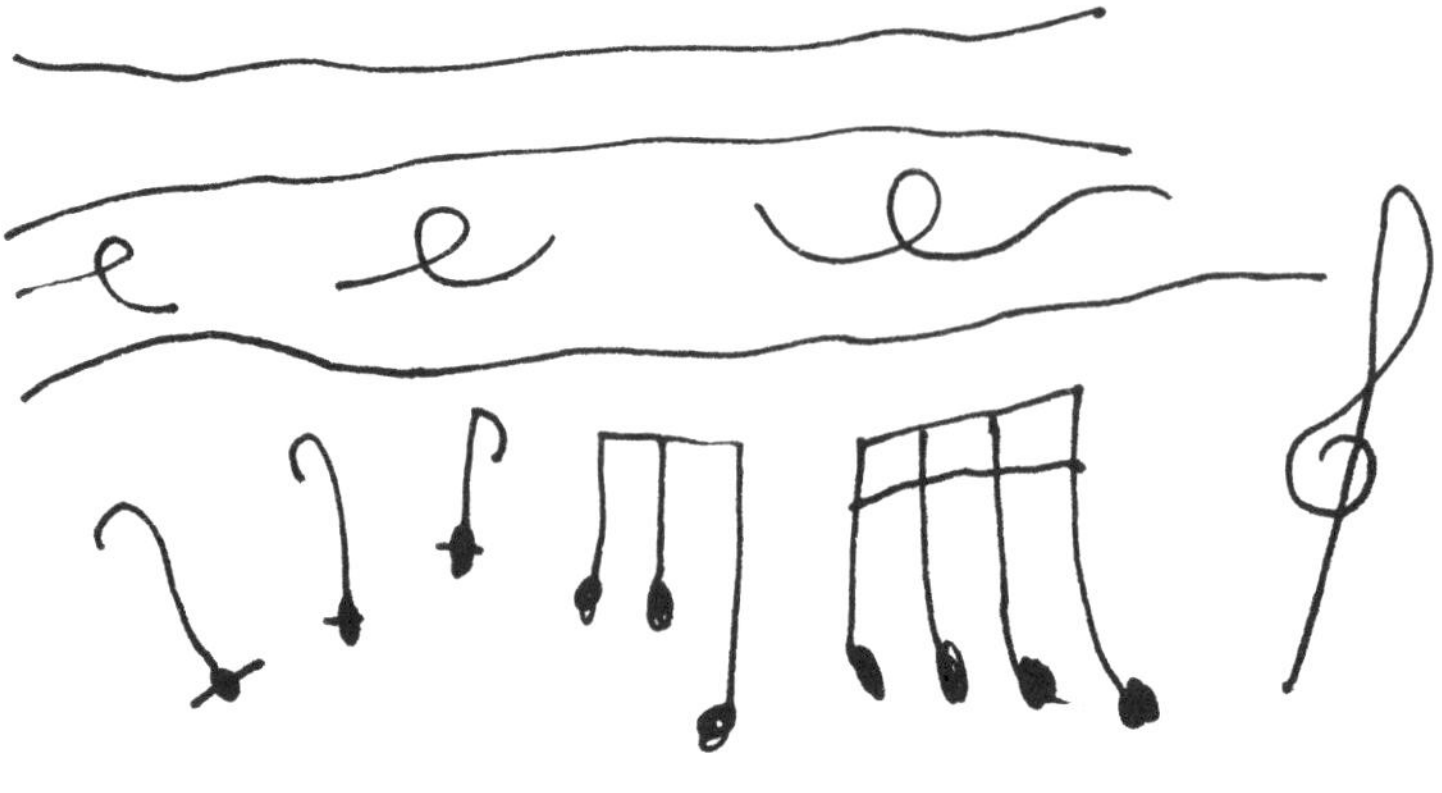

## Ⅱ

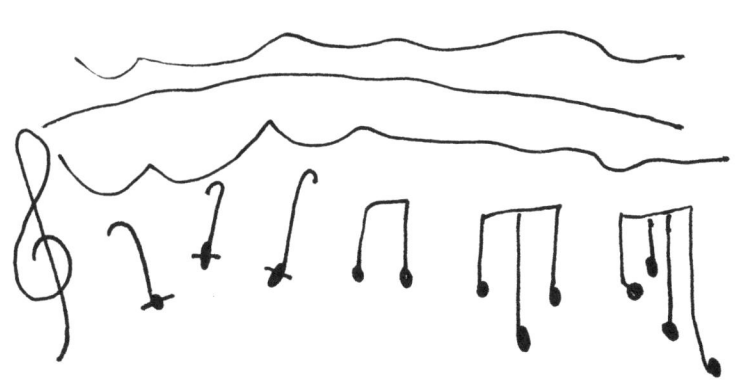



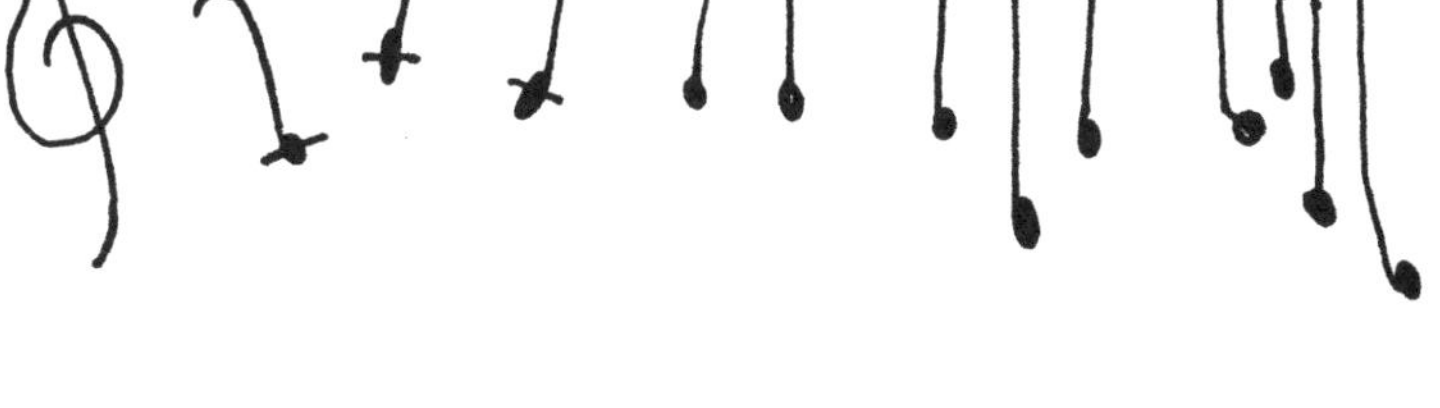

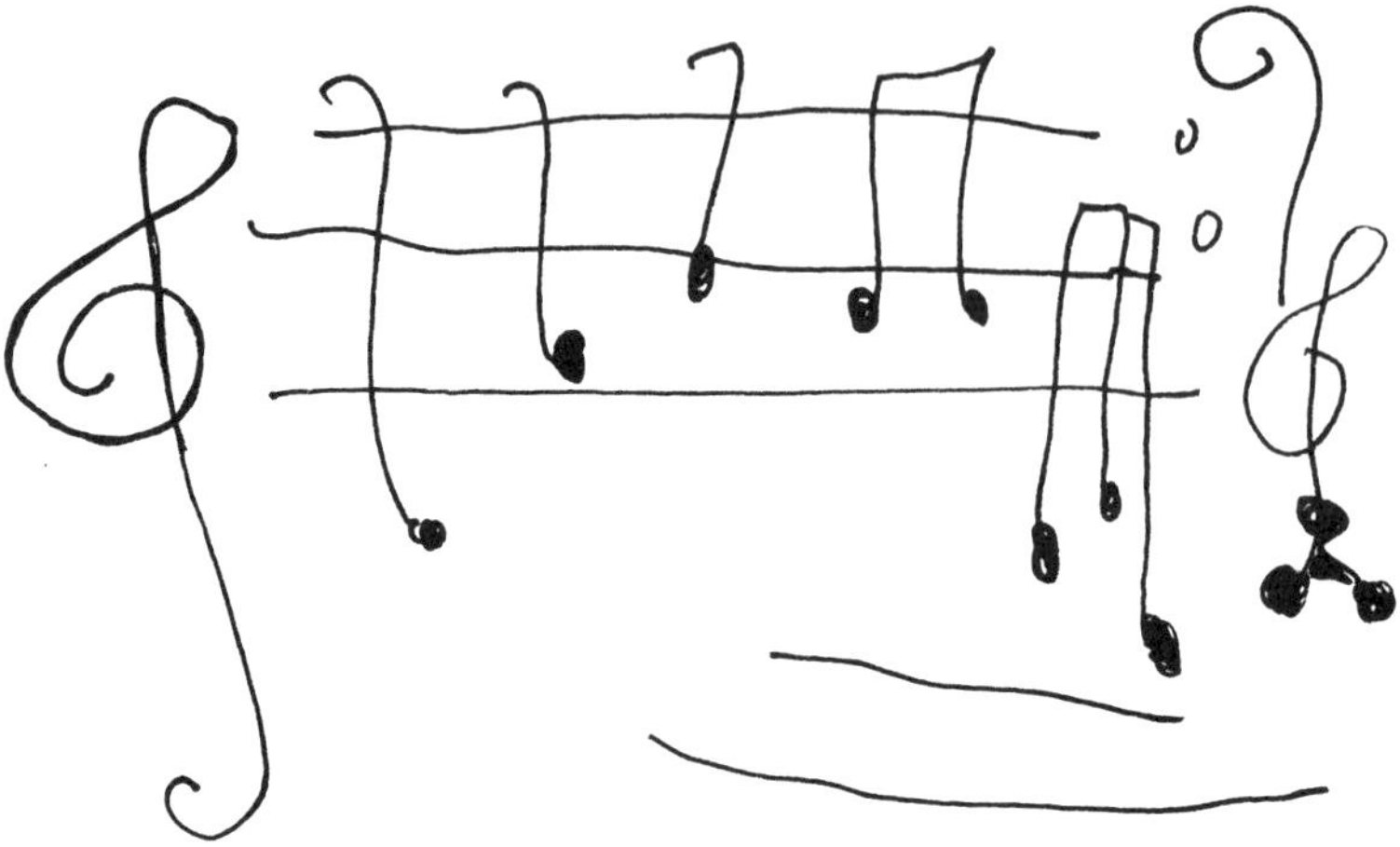

装画・装丁　長野ヒデ子

# I

# おひさま

まあるいおなかの
おんなのひとがあるいてくる
おなかのなかにあかちゃんをかかえて
であったひとはおもわずほほえむ
（おめでとう！）

そうか
あかちゃんは
みんなおひさまなんだ

まあるいおなかから
まあるくひろがっている
あったかいひかり

おかあさんが
おひさまをかかえてあるいてくる
ああ　おひさまがわらっている

# わらっているのは

わたしは　かあさんにあった
2丁目の　おうだんほどうで
かあさんは
しっかり　おとこのこのてを　にぎっていた

（あのこは　わたしだ）

わたしは　かあさんにあった
3丁目のさかみちで
かあさんは
なきじゃくる　おとこのこを　だきおこしていた

（あのこは　わたしだ）
わたしは　さかをおりていった
（わすれてはいけない）
（わすれてはいけない）
（かあさんのことを）

わたしは　きょうも　かあさんにあった
でんしゃで　おとこのこと
ならんでかけて　わらっていた
（あのこは　わたしだ）

ああ　わたしがわらっている

# ほっきょく

どうぶつえんでうまれたしろくまは
こおりをだいている
きもちいいのか　うっとりとめをほそめ

ねむいような　ねむくないような
しろくまは　きいている
どこかできいたことのあるなつかしいおとを
でも　それがなにかはおもいだせない

りゅうひょうをふきわたるかぜ
なきかわす　うみどりのむれ
とどのさけび
かあさんのおなかのなかできいていたもの

しろくまはだれにともなくつぶやく
「ぼくがすんでいたのは……」
「あったかいところだったなあ」

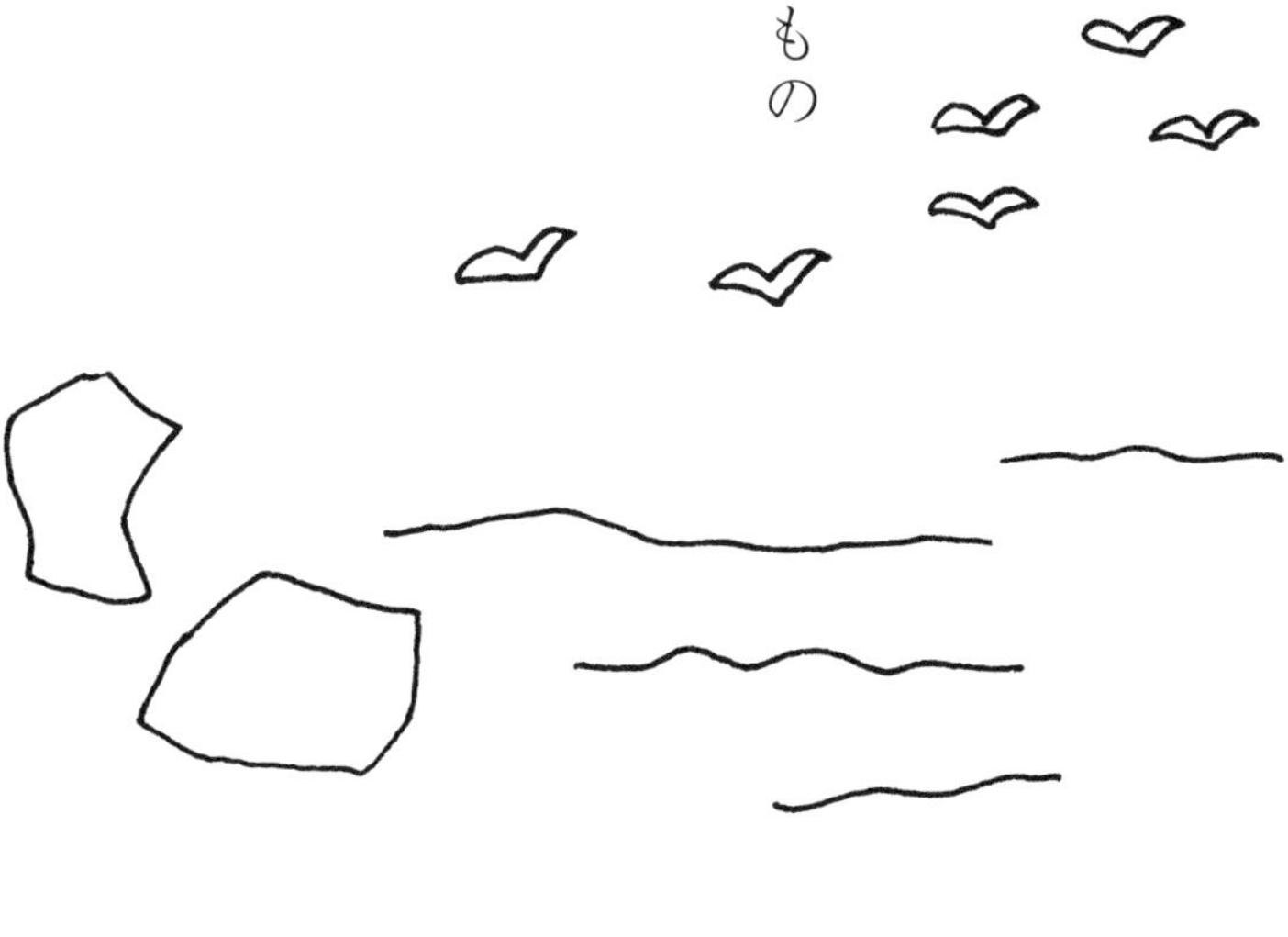

# さびしいところ

——もし、もし。

いとでんわがかかってきた
ないしょのひそひそごえ

（かあさんだ！）

ぼくがいないところがてんごくだなんて
かみさまのうそつき

# つぶやいて

港《みなと》でもやっているイカ釣《つ》り船《ぶね》
ぼんやり見ながら
父さんはつぶやいた
――いいねえ。

あれから五十年
もう父さんはいないけど
ぼくもイカ釣り船を見ている

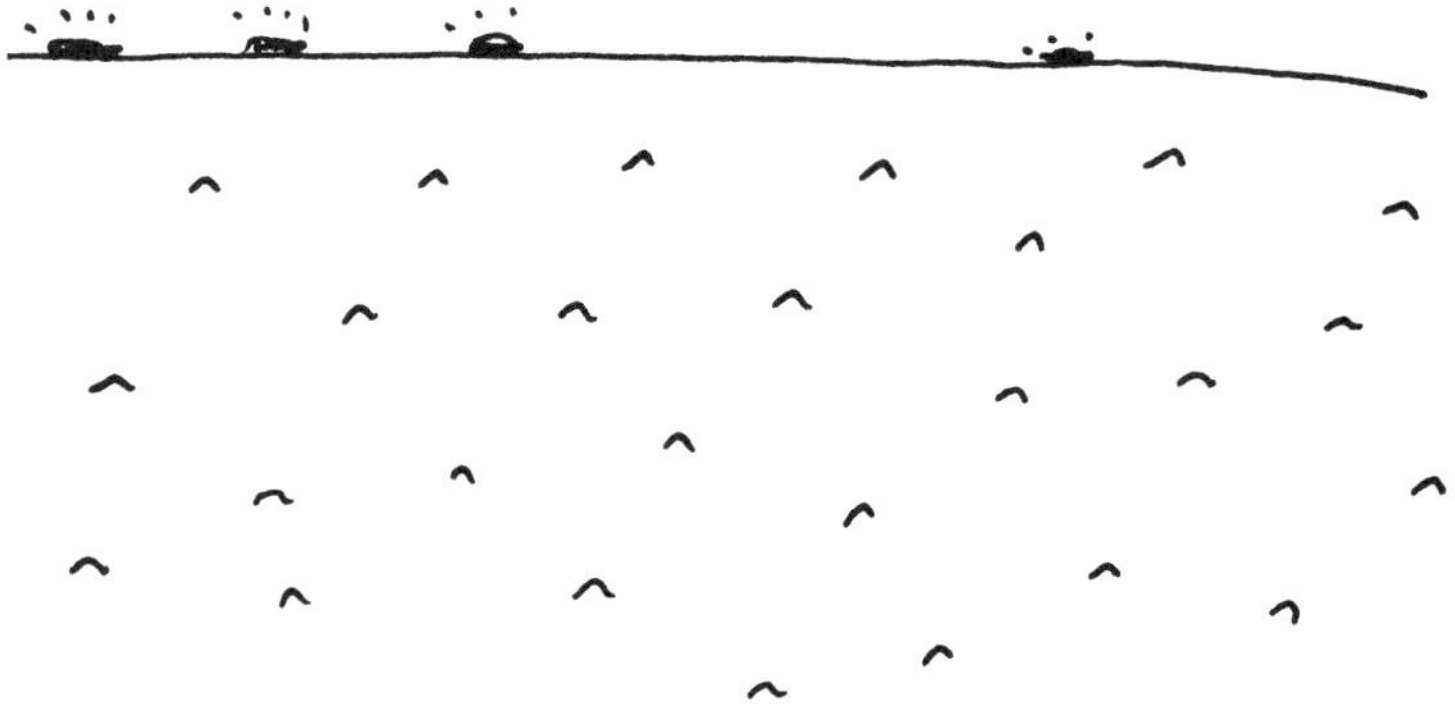

小さな島の小さな漁港《ぎょこう》
―いいねえ。
つぶやいて父さんの子どもになる

# はらっぱ

はらっぱ　はらはら　みみたてる
あのこが　らっぱを　ふいている
トテチッターと　とちってる
きょうも　やっぱり　とちってる

はらっぱ　はらはら　なみだをながす
あのこが　らっぱを　ふいている
トト　チチ　ター
トト　チチ　ター

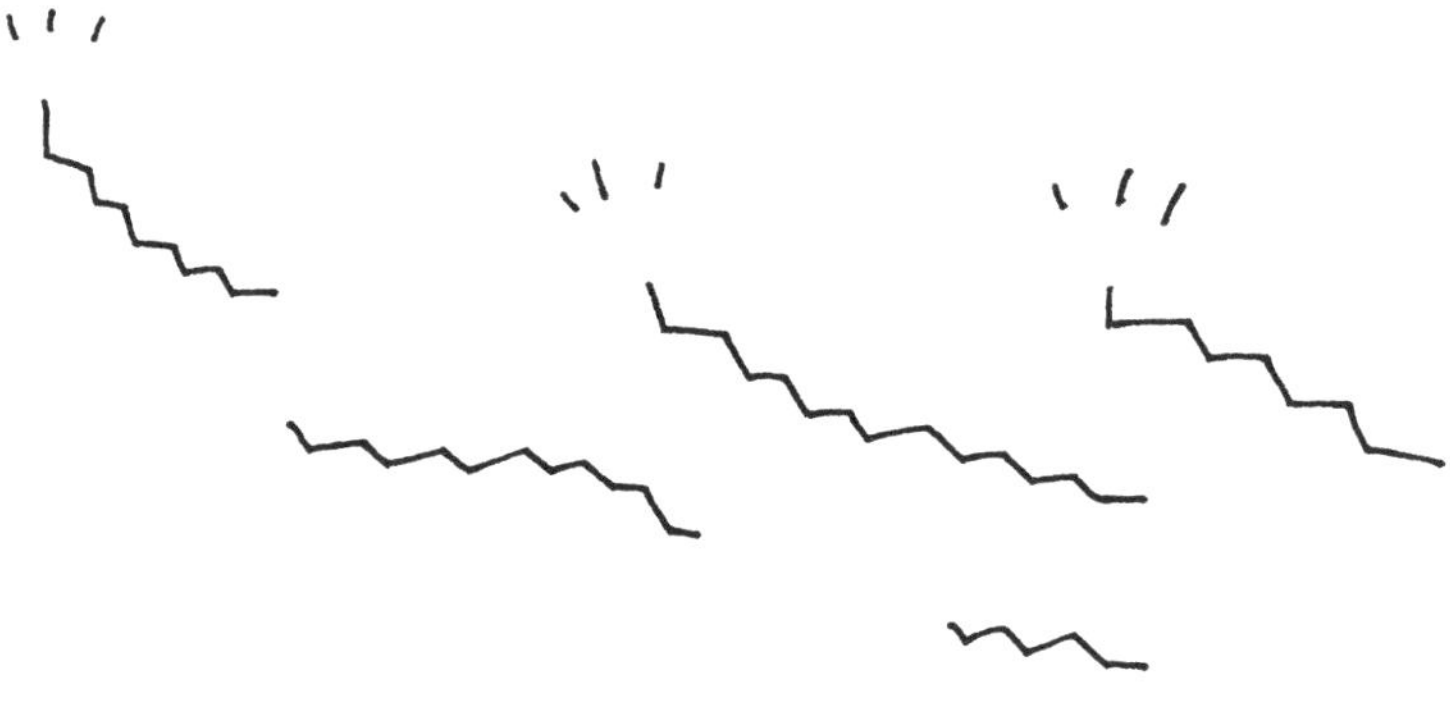

そらに　むかって　ふいている

トトに　むかって　ふいている

チチに　むかって　ふいている

なみだを　こらえて　ふいている

# たんぽぽ

かあさんうさぎが
めをつぶっている
めをつぶって
たんぽぽのくきを
しゃぶっている
くちゅ　くちゅ
くちゅ　くちゅ

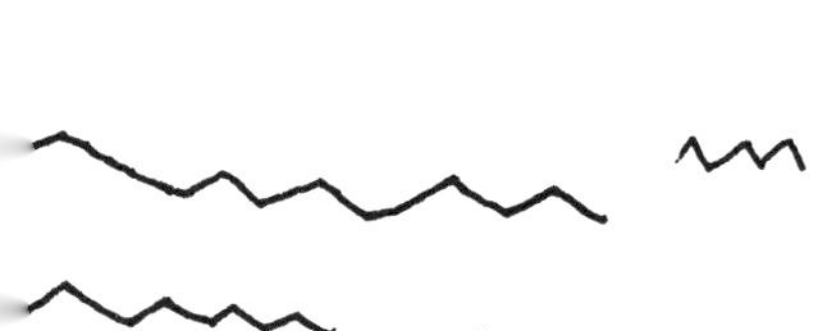

いつまでも
　くちゅ　くちゅ
おもいだしているんだね
かあさんも　かあさんを

# 青い山

さびしくなるとデパートへ行った
屋上に小ザルがいた
広いおりにたった一ぴきで

ぼくを見つけると
いつもかけよってきた
ひとりと一ぴきは手をにぎりあった
小さな　小さな　手だった
それからだまって遠くを見た
遠くには青い山が見えた

小ザルはあの山から来たのだろうか
いや　街で買われてきたのだろう
万引きでつかまり
ぷっつりと行けなくなったデパート
あれから半世紀《はんせいき》
小ザルはとっくに亡くなっているだろう
ひとりぽっちのまま

継母《はは》にうとまれた子どもと
さびしい小ザルと
だまって見ていた青い山は
いまもあるけど

# ゆうやけ

だれかにあってきたようだった
だれかはだれかわからなかったけれども

なにかをもらってきたようだった
なにかはなにかわからなかったけれども

かなしくてうみへいった
かなしくてうみをみてきた
かなしみもわたしも

ゆうひにそまった
かなしみはかなしみのまんまだったけれども
こころはあったかいいろにそまっていた

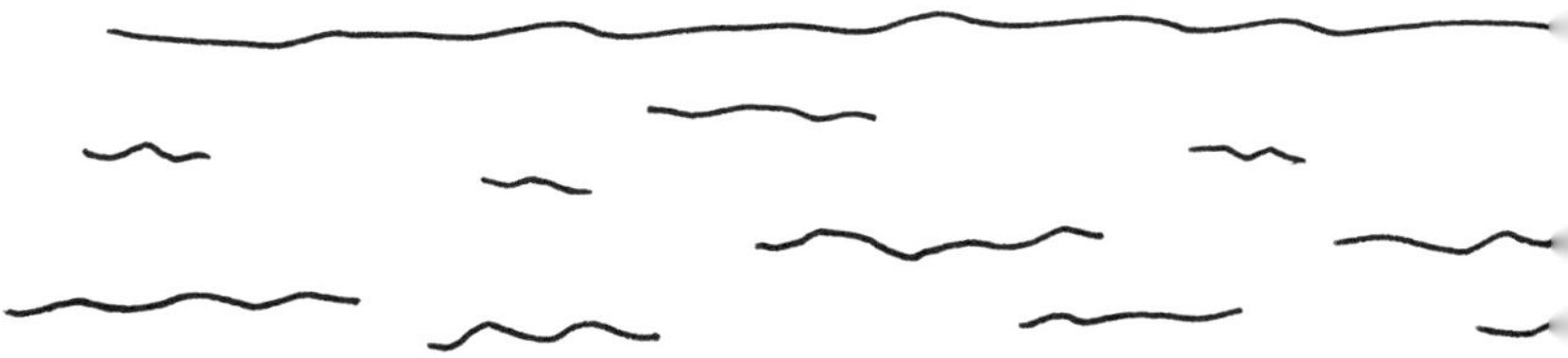

# しろいいえ

なつのいけにはなにがいる
コイとウナギとザリガニと
ハスのはっぱにイトトンボ
ときどきくびをひねってる

いけのむこうにしろいいえ
まぶしくひかるしろいいえ
ぼくはつりいとたれながら
しろいカーテンみつめてる

ゆうひにいえがそまってく
しろいカーテンしめたまま
いけにさざなみたってきた

なつのいけにはなにがいる
しろいいえにはだれがいる
ぼくのこころはだれがいる

# そっと

かどをまがると　キツネがいた
―こんにちは。
―こんにちは。

―それでは　また。
―おげんきで。

かどをまがると　クマがいた
―こんにちは。

―こんにちは。
―それでは　また。
―おたっしゃで。

かどをまがると　だれもいなかった
でも　ぼくはそっといってみた

―こんにちは。
―こんにちは。

みえないひとがこたえてくれた

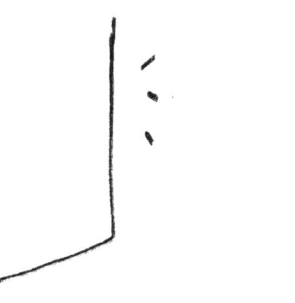

# 花

沼のカッパは
ひざをだいて雲をみている
とおくへ行きたいのだろうか
あの雲にのり

沼のカッパは
いつもいばられていた
川のカッパに
―海までだって行けるんだぜ　おれは。

沼にはもうすぐ蓮《はす》の花がさく

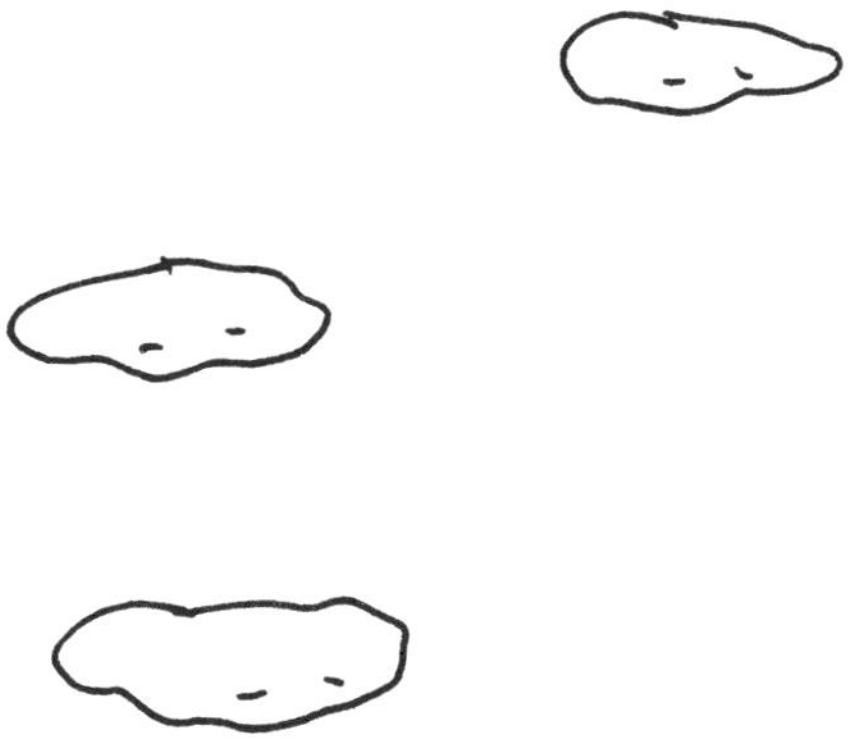

# へいわ

へいわは　いつもくずれている
かなしみが　いくらそれをねがっていても

いさましいことばはいつだってつよい
―てきだ！　てきをたおせ！

ぼくも　むなしさにうつむくのだろうか
いさましいことばにだまりこみ

―ちきゅうはまるい。

といって　みんなにわらわれたひとがいる
―そらをとぶ。
といって　みんなにわらわれたひとがいる

まるいちきゅうを　ひこうきが　とんでいる
たくさんのひとをのせ

ぼくは　つぶやいてみる
―ちきゅうはまるい。
と　いったひとのように

え・い・え・ん・の・へ・い・わ

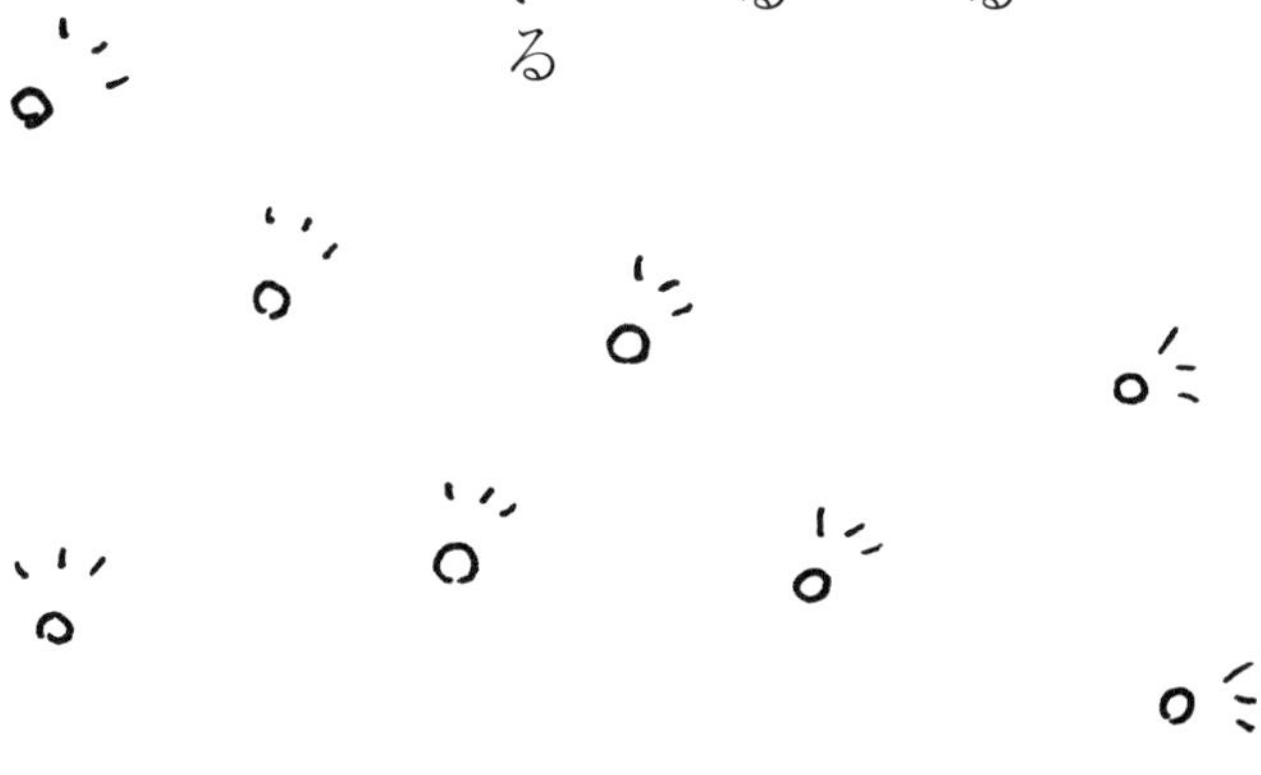

# ひばりに

ぼくにはことばがない
きみにかけることばがない
ぼくはただすわるしかない
うつむくきみのとなりに

いや　ぼくはたんぽぽになろう
きみのとなりにさく

いや　たんぽぽのわたげになろう
きみがそらへとばす

きみのおもいのそのことばを
とどけるゆうびんやさんになろう

そしてとばされながらひばりにはなそう
うつむいていたきみがかおをあげ
ぼくをそらへふいたことを

きみのいのちがじぶんでこしらえた
ちいさなかぜのことを

かくしきれないよろこびに
こえをつまらせながら
ひばりにはなそう

ちいさな　ちいさな　かぜのことを

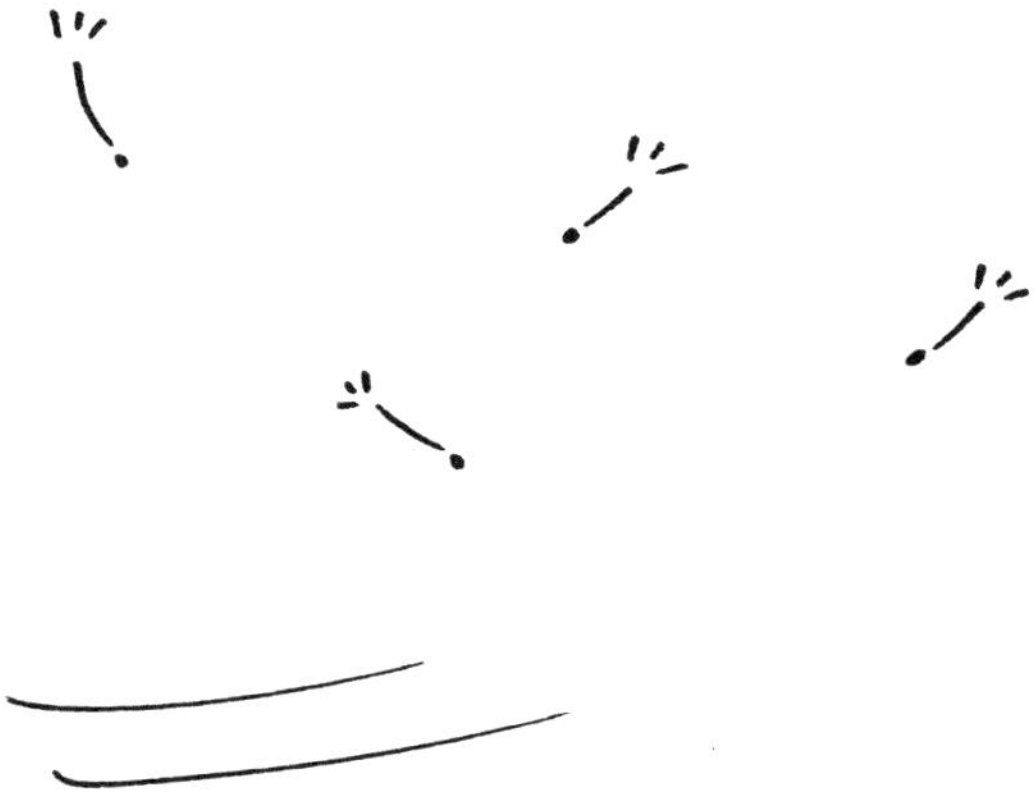

# 長老《ちょうろう》

猪《いのしし》は
いの一番が好きだから
猪突猛進《ちょとつもうしん》　まっしぐら
花と散るというのか
なんとしても若死《わかじ》にが多い
「いかがなものであろうか？」
長老は一同を見まわした
（そんなことを　いわれてもなあ）
猪どもは伏《ふ》し目がちに長老を見る

全身これ白髪《はくはつ》の長老ぶり
牙《きば》などとっくに失《うしな》っておられる
「よくよく考えるべきことであろう」
森に迷いこんだ豚《ぶた》は
長老になりすましている

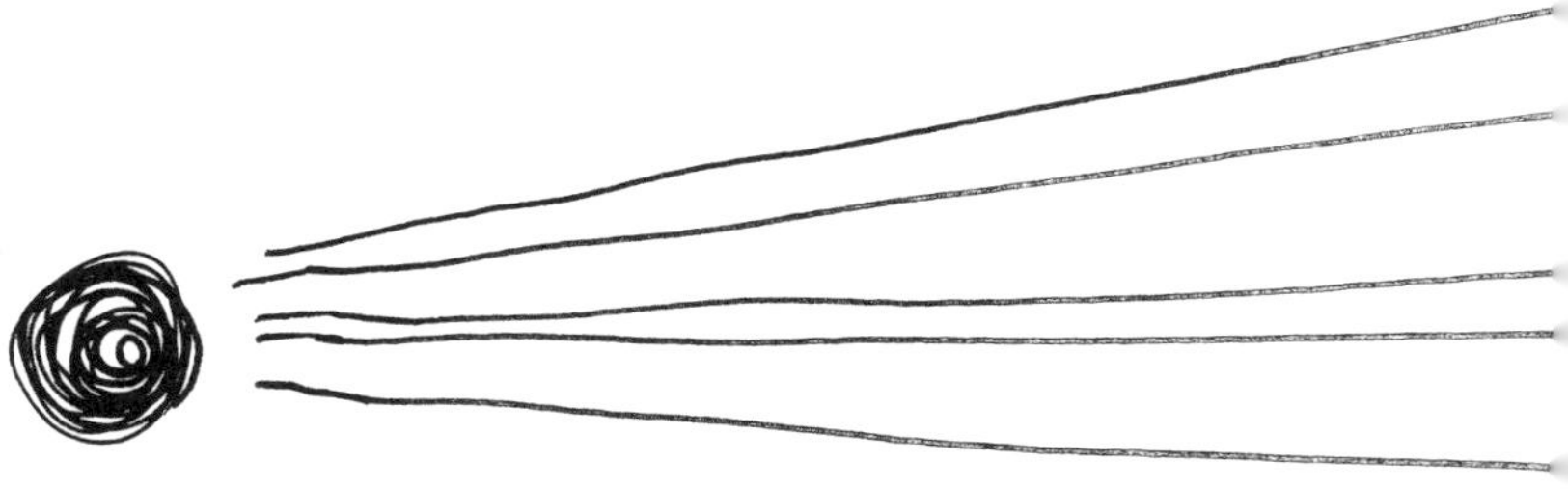

# こんにちは　あした

きょうがかなしみのいろにそまっていても
わたしはきぼうにさよならをいわない
―こんにちは　あした。

まだわたしにはあしたがあるから

あしたはのこされているきぼう
まけているチームも
ちからのかぎりなげつづけるように

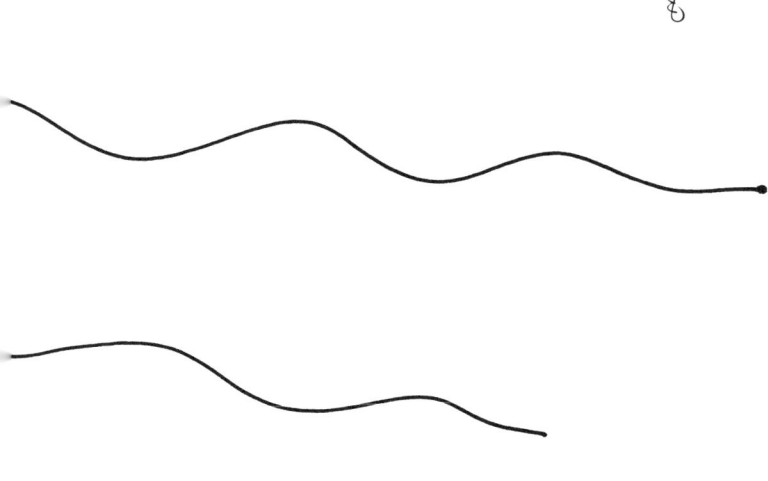

わたしはきぼうにさよならをいわない
―こんにちは　あした。

きのうはちいさなむかし
きょうはむかしをおもいだすひ
であったひとをわすれないように
かけられたことばをわすれないように
やさしいおもいでにつつまれ　あしたをおもう
―こんにちは　あした。

きょうのためにきのうもねむったように
あしたのためにきょうもねむる

きょうがきのうににていても
あしたはあした
ふたごのなまえがちがうように
あしたはあした

まだわたしにはあしたがあるから
きぼうにさよならをいわない
—こんにちは　あした。

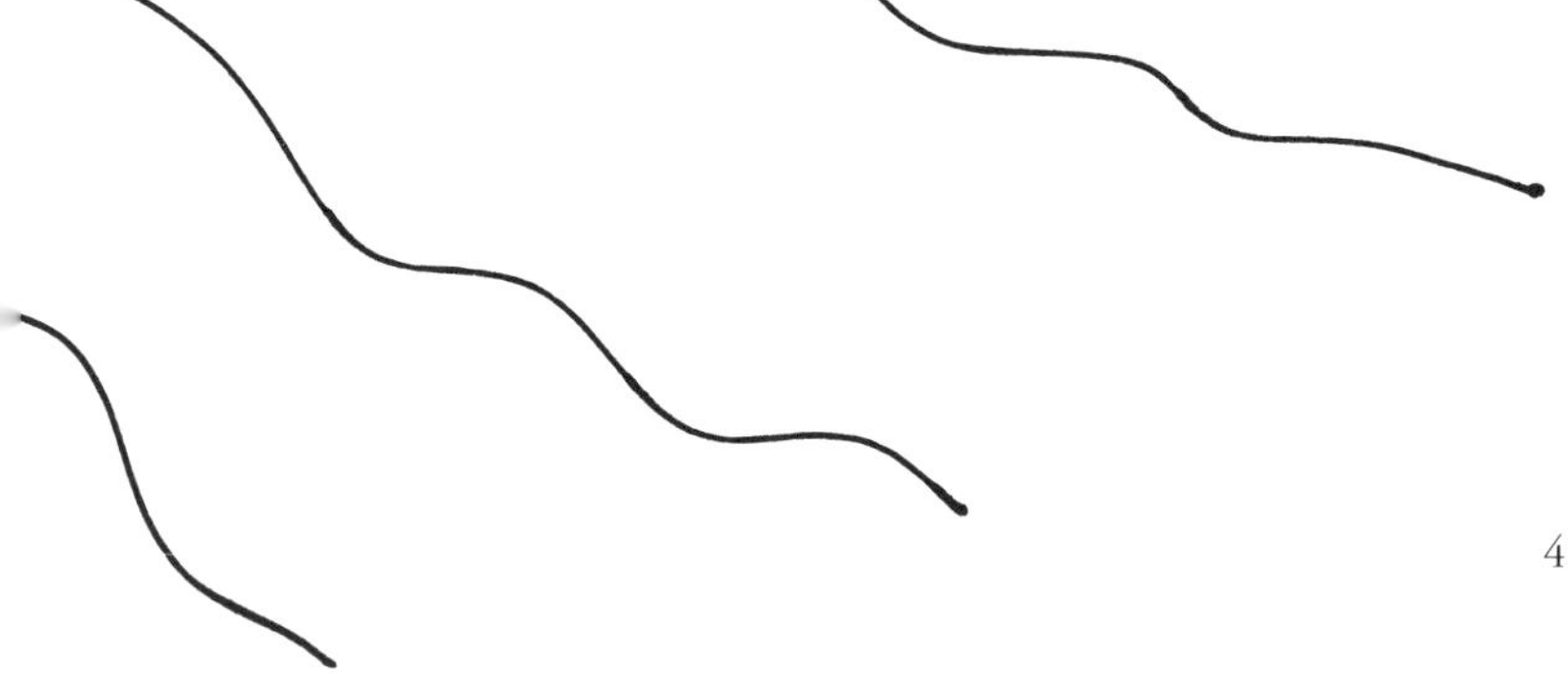

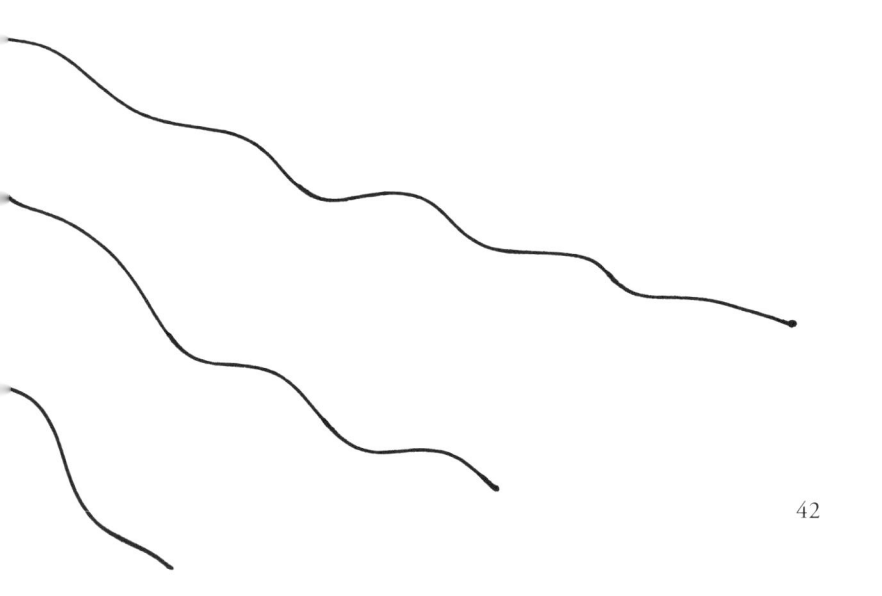

# なまえ

わからない
いじめたこのこころは
いじめられたこのこころなら
すこしわかる

すこしなのにわたしはつらい
とぎれとぎれの
こえがきこえてくる

ダレカ　ボクヲ
タスケテクダサイ

ダ・レ・カ

ダレカとはだれだろう
せんせいはめのまえにいただろうに

ダ・レ・カ

なまえをよんでもらえなかったせんせいも

こらえきれなくなってさけんでいるのだろうか
ダレカ　ダレカ
ボクヲ　タスケテクダサイ

でも　いくらさけんでも
なまえのないダレカなんか
やってきてはくれない

# Ⅱ

# てがみ

ことり。
ポストにてがみのおちるおとがした
ああ　ことりさんからだ

# わんわん

あかちゃん
ちゃわんを　わっちゃった
となりの　おわん　わんわんないた
あかちゃん　つられて　わんわんないた
にわでも　こいぬが　わんわんないた

# こい

こいをしたこいが
よんでいる
――こい　こい。
――こっち　こい。

# なみ

なみ　こなみ
なみ　おおなみ
なみ　なみのなみ

みなみのうみに
なみ　なみなみ

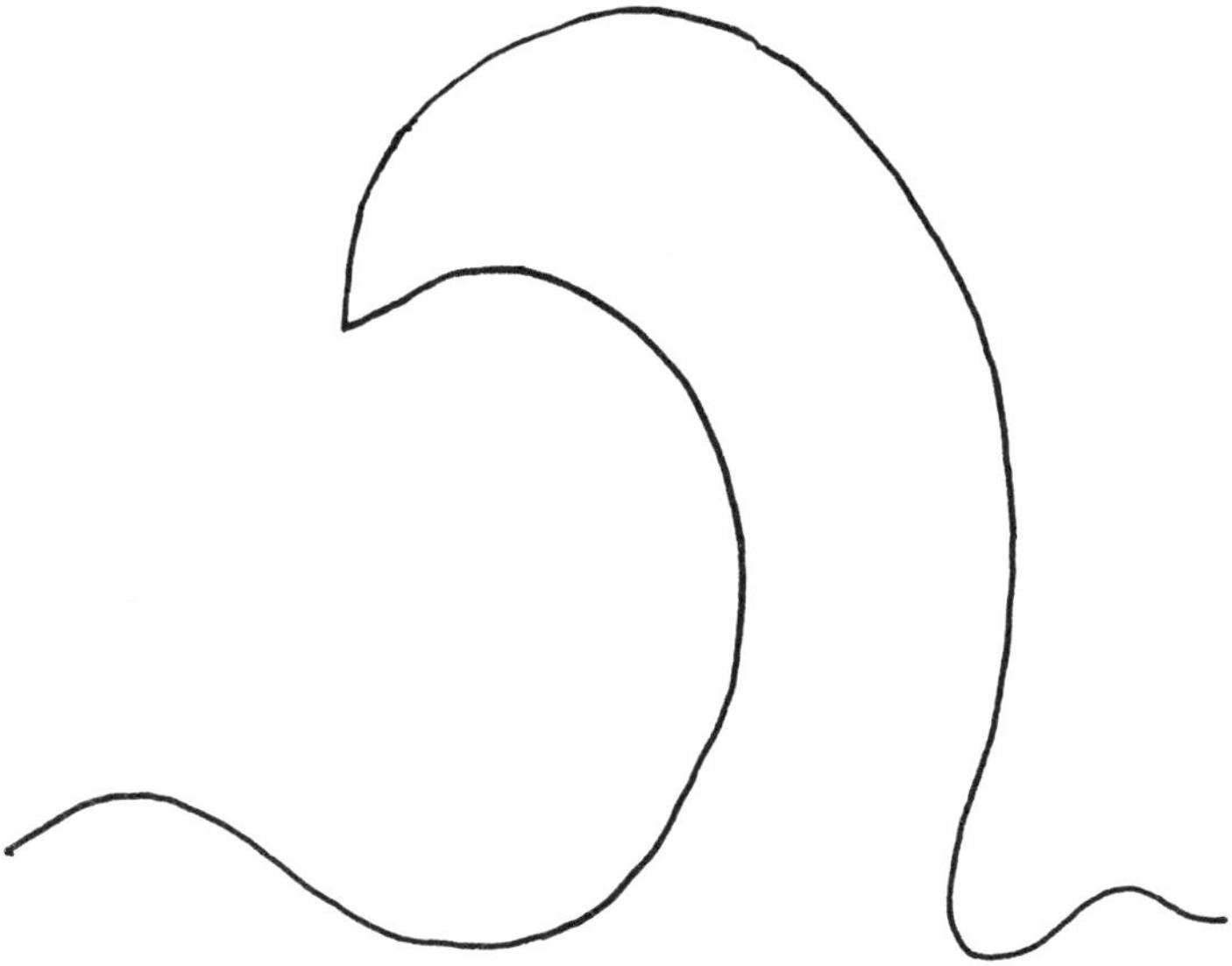

# しょうぎ

また　とった
歩を　とった
歩を五つ
（ふふふふふ）

# とり

しろいとり
あかいとり
あおいとり

おやこのことり
そらとぶことり
いろとりどりに
そらそめて

ぼくはみている
うっとりと

## とちる　*1*

かみさまはとちらないのですか
ぼくはとちります

きょうもとちりました

「かみよ　わがつみをゆるすたまえ」

# とちる　2

さくらの　さくらさんが　とちった
にがてな　かたかなに
「サクラガ　ハラハラ　トチッタ」

# うしかもしか

もしかしたら
うしかもしれない
かもかもしれない
いや　しかかもしれない
うしかもしかは
うし・かも・しか？
もしかしたら
そらを　とぶ　かも

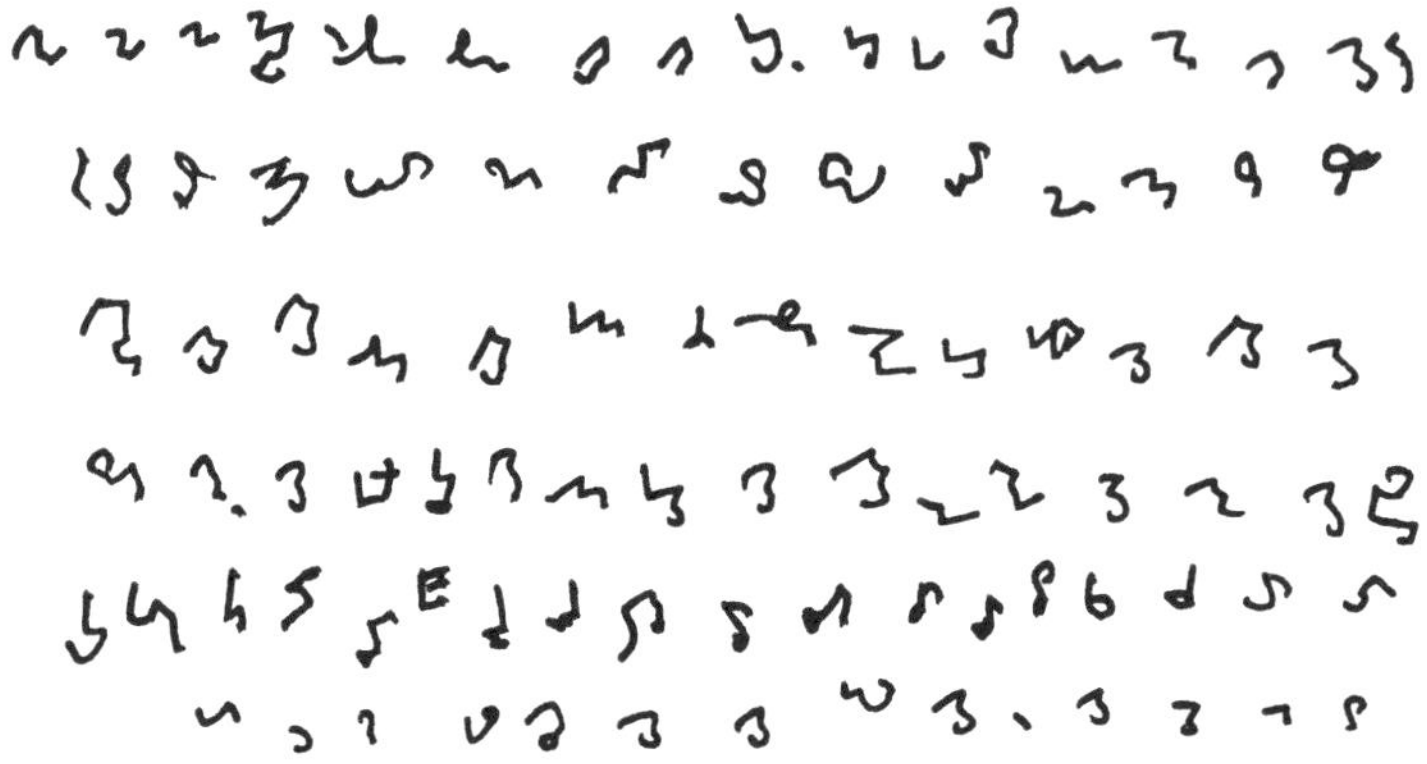

# らしい

あざらし　きになった
なんだろう？
いつ　どこで？
わからなかった

あざらし
だれにともなく　つぶやいた
―あざらしい。

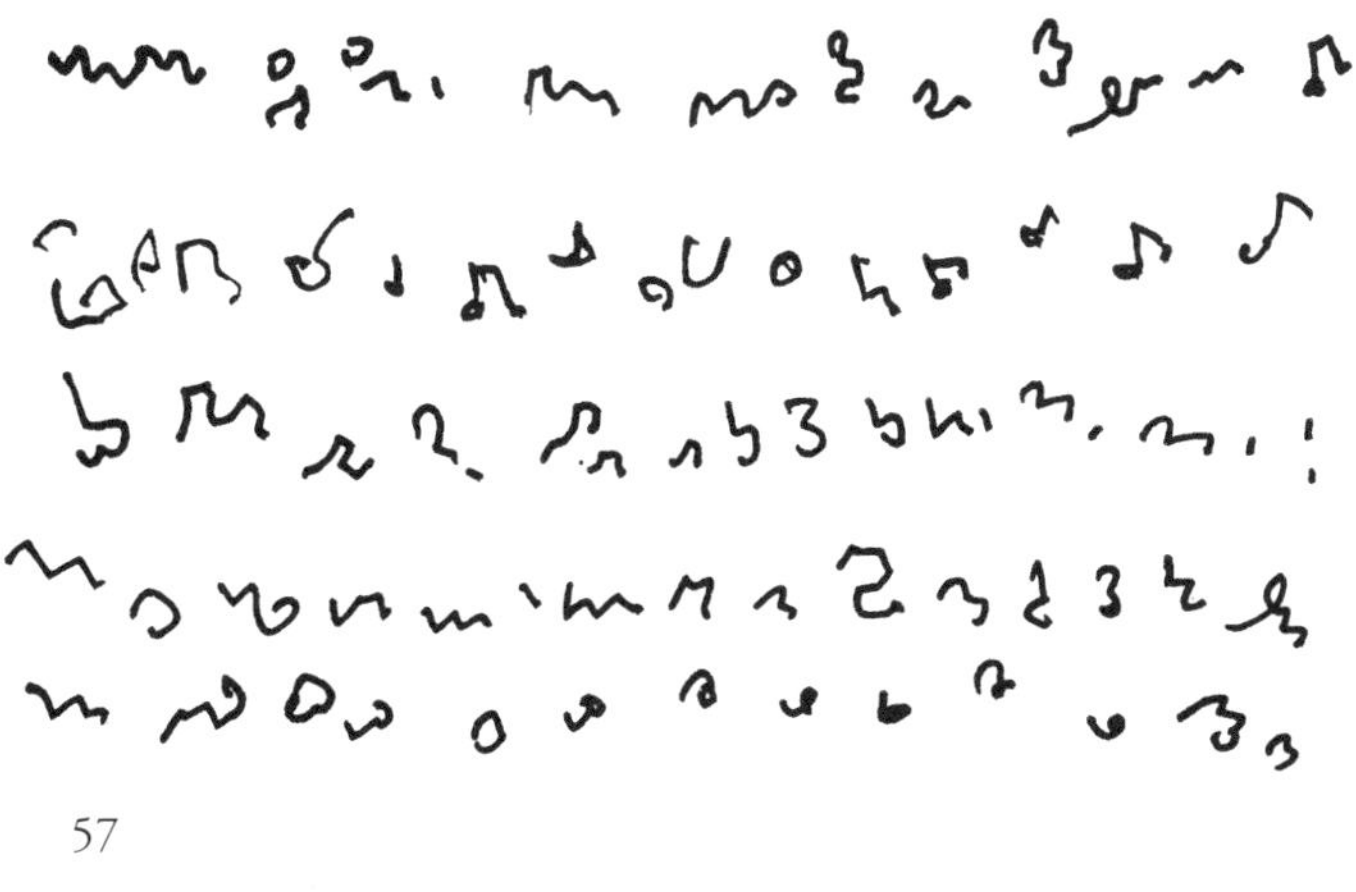

# こころ

うれしい
かなしい
くるしい
むなしい
たのしい
いとおしい
くるおしい

こころには

いつも「しい」が　くっついている
しんでまでも
「うらめしい」

ああ　いたましい
ぼくたちの　たましい

# みどり

みどり　まみどり
こいみどり
はるの　のやまは
よりどりみどり
みどりの　ことり
みどりに　かくれ
さがせど　さがせど
こえばかり

# こうきゅう<br>うでどけい

たか　みえはった
―たかが　ひゃくまんえんか。
―やすい　やすい。
かえって　くちばし　あわなかった
あわなくて　おとたてた
　かた　かた　かた
　かた　かた　かた

たか　ゆめで　うなされた
ーたか　かったー。
ーたかかったー。

# トノサマバッタ

とのさまばったり
バッタにあった
とのさまいばった
バッタもいばった
どちらもいばって
ふんぞりかえった

むむむむむ。
ムムムムム。

とのさまつかれて
ばったりたおれた
バッタもつかれて
ばったりたおれた
とのさまのはらへいかなくなった
ぱったりのはらはいかなくなった

バッタはのはらではったりいった
――トノサマ、バッタをおそれたな。

# カマキリ

（きりがないから）
カマキリは　キリギリスに
えんきりの　てがみをかいた

これっきり

きから　きへ　うわさはながれた
「カマキリが　キリギリスを　たべた」
（うわさには　きりがない）

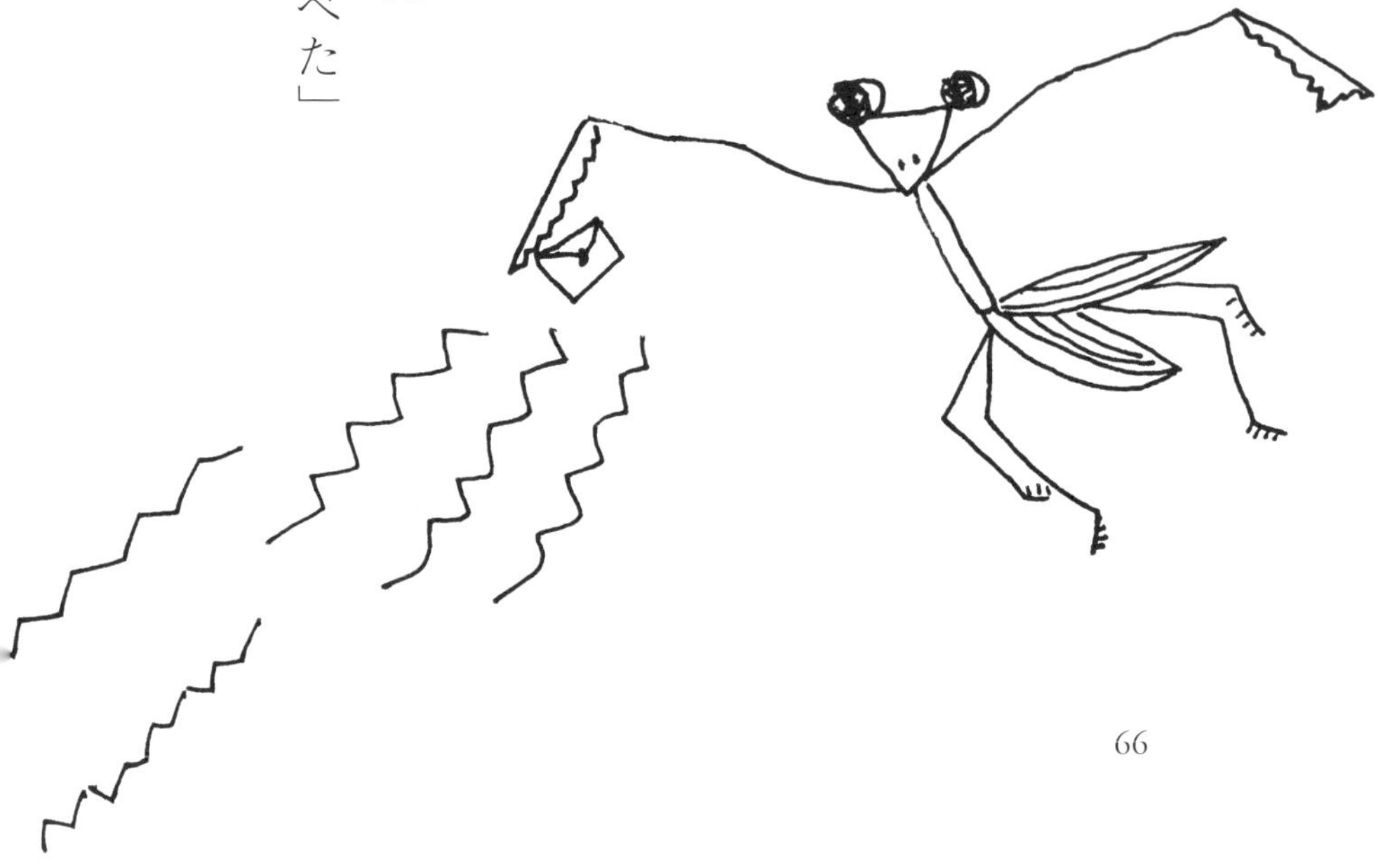

きりがでて
カマキリの　かおをかくした
きりもなく　あふれてくる　なみだ

カマキリは　イギリスへ　いった
イギリスで　おもいっきり　さけんだ
「きりたんぽ　きりたんぽ　うまかったあ」

それっきり
つめきりは　ねたきりになった

# きのうた

ひかげですねてる　いんき
ひなたでうたう　ようき
ぷんぷんおこる　たんき
けんかごしの　こぶし
あばれんぼうの　きかんき

ひるねばかりの　のんき
かぜひきっぱなしの　はなみずき
さっちゃんが　きになる
あき

# ひゃくにち

いかにも　いばった
いかがわしい　いかが
―いかが　いかが。
と　いかものばかり
いかのたこやき
いなごのいかなご

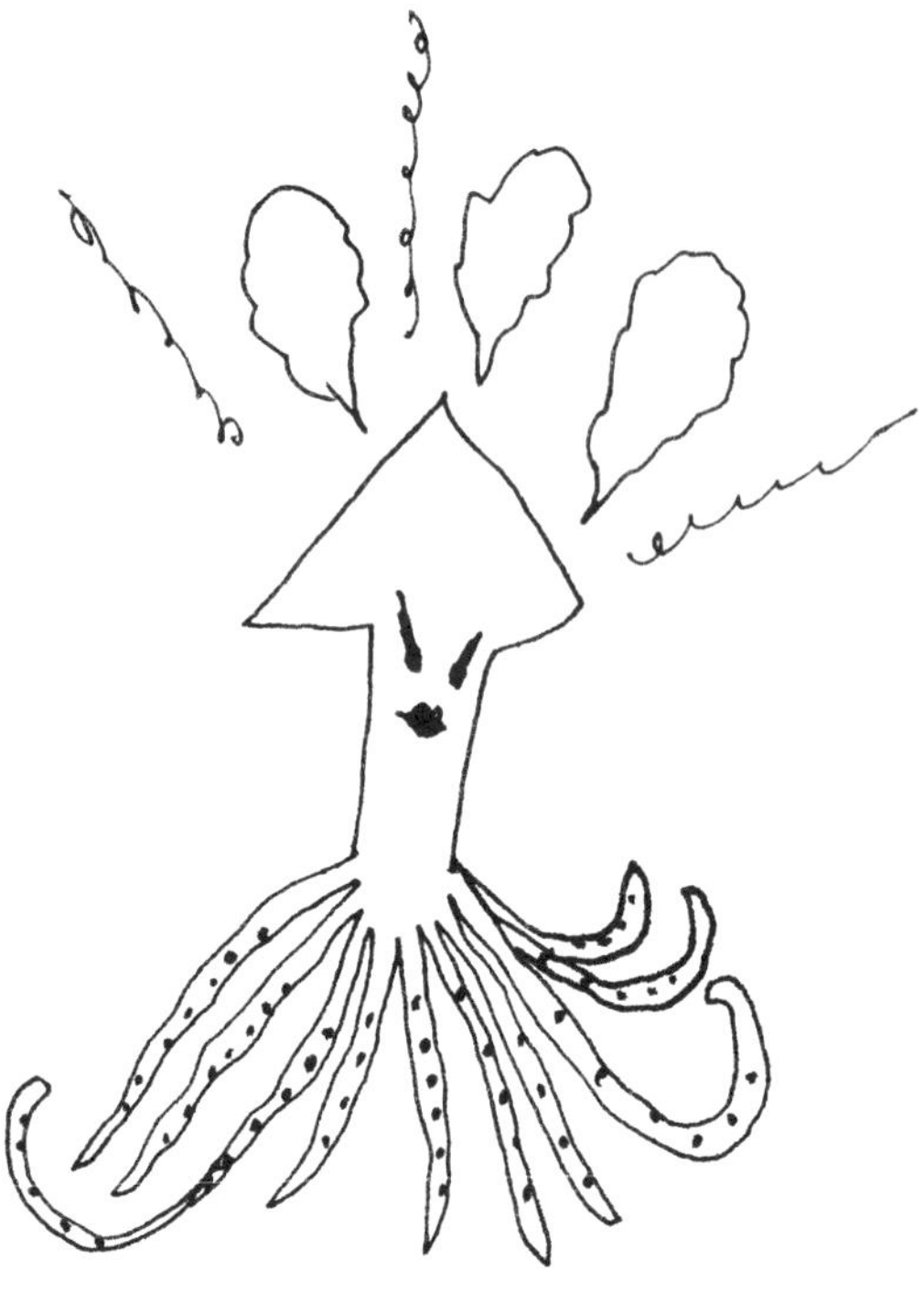

ずるめひゃくにち
するめになった

# われ

ぶつだは　ぶったか　ぶたなかったか
みんなは　ぶつだに　きいてみた
ぶつだ　こたえた
「わすれてしもうた」
みんなは　おこって
ぶつだを　ぶった

ぶつだ　おこって
たたきかえした

「ぶつだ、ぶった！」
「ぶつだ、ぶった！」

ぶつだ
だれにともなく　さびしくつぶやいた
「われ、ぶったなり」

# さら

さらさらながれる　かわのみず
さらさら　さらがながれてる
かっぱのさらが　ながれてる
てがみをのせて　ながれてる
　いまさらながら　あなたさまを

へんじは　きたろか　きになるが
ひゃくにちたっても　こなかった
さらにまっても　こなかった

さらば　こいびとよ

かっぱは　さらに　さらをながしてる

# どうぞう

はと　ふと　かんがえた
「あたしは　はとかしら？」
「ふとかしら？」
はと　はっと　きがついた
「あたしは　はっとよ」

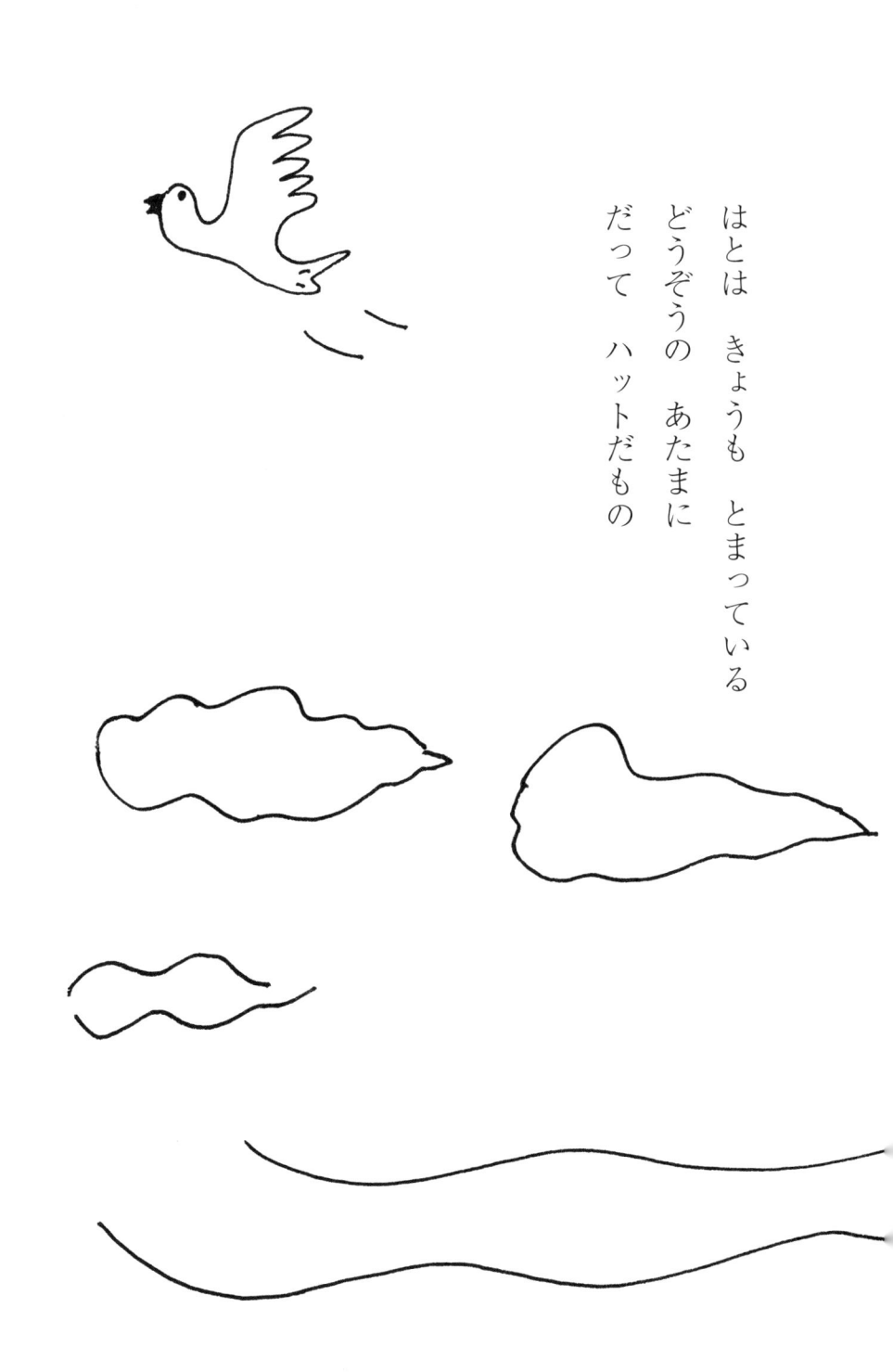

はとは　きょうも　とまっている
どうぞうの　あたまに
だって　ハットだもの

# そら

ひばり　いばりや　そらたかく
もぐら　あぐらで　おおあくび
いたち　はたちで　ひげのばす
はるの　のはらは
はらはら　さくら

はなみず　きになる　はなみずき
とっくり　そっくり　ひっくりかえる
めだか　たかだか　とんびだか

はるの　みそらを
ふわふわ　めだか

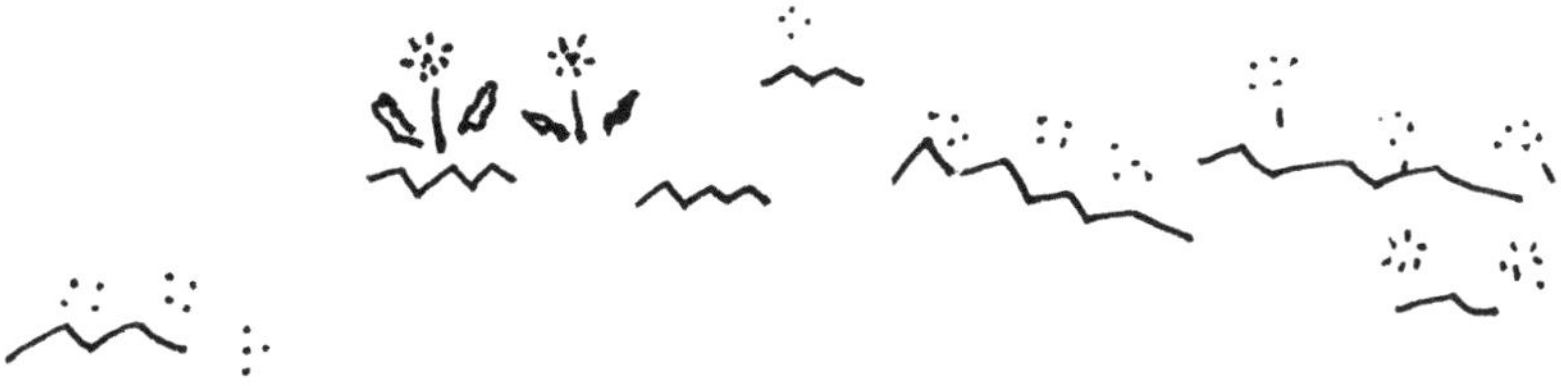

# ゆき

かぜ　びゅうびゅう
ゆき　ざんざん
ふぶき　ごうごう

ゆきおんな
ふぶきに　ふきとばされ
そら　くる　くる

「とばさないでー」
さけべども
さけべども
ゆきっぱなし

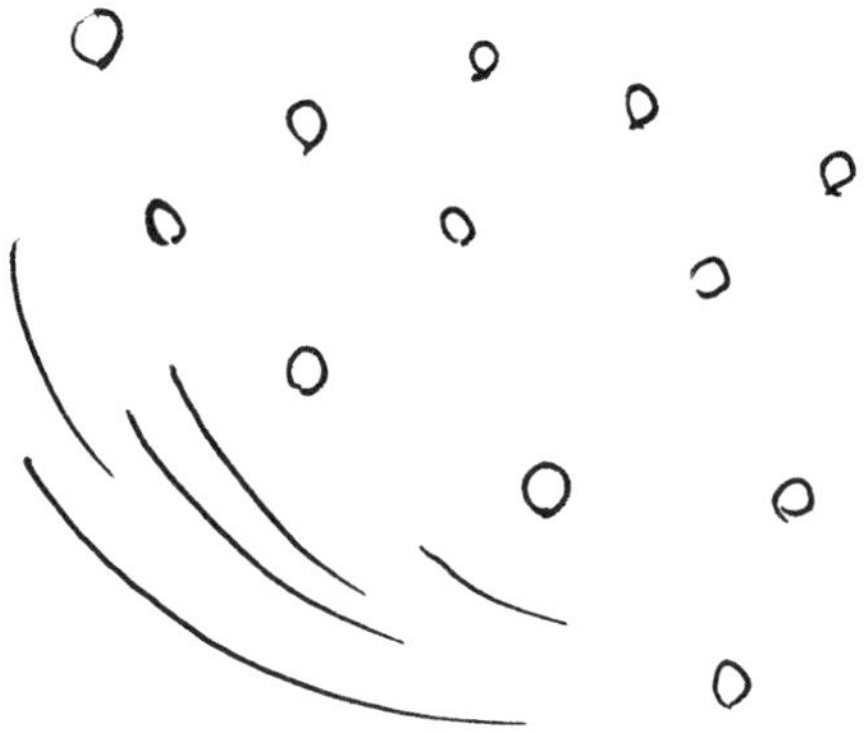

# にょうぼにきいた

となかい　きいた
あなたは　どなた
にょうぼ　むくれた
なつでも　ふゆかい

ゆき　こんこん
まちびと　まだこん
きつね　さむくて
せき　こんこん

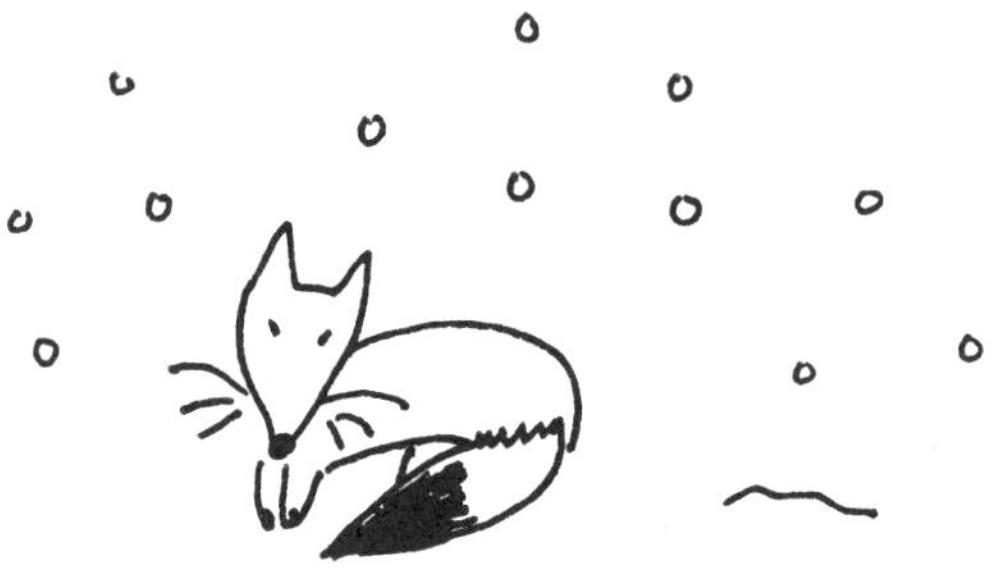

ふぐ　ふく　たべた
たらふく　たべた
おなか　でっぷり
ふく　かえた

# よのなか

さよなら　おなら
かもしか　もしか
おひさま　ひまだ
よなかの　よのなか

ひるから　ビルで
ビールを　のめば
あいする　アイス
イスけり　かえる

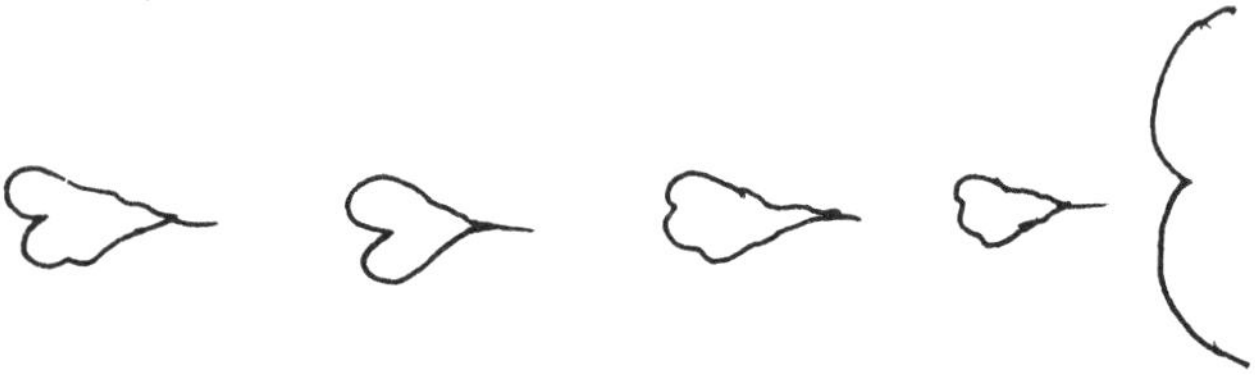

まともな　トマト
マドンナ　やめた

# ドッチボール

カオリちゃんが　すき

すき
すき
すき
すき
すき
うっとり

ボールが　とんできた
―ケンタ　すきだらけ！

# あとがき

内田麟太郎

五冊目の少年詩集です。
テーマはありません。その日その日の気分で書いたものばかりです。
だから詩集の名前は『まぜごはん』にしました。

　竹の子ご飯が好きです。油揚げにかしわが入っていたら、かならずお代わりします。

　グリーンピースのまぜごはんも大好きです。薩摩焼の黒い茶碗で頂きます。白いお米とグリーンのお豆がぐっと引き立ちます。おいしそう。

　話は変わりますが、昨日、河童に会いました。それで、
「五冊目の詩集を出すんだ」と自慢したら、
「傑作かね」と聞かれました。河童はきらいです。わかっているくせに。
傑作はひとつもありません。好きな作品はいくつか入っています。美代ちゃんとおなじです。美人じゃないけど大好きです。美代ちゃ～ん。

　ということで、絵は長野ヒデ子さんにお願いしました。「長野さんがいいよ」と推《お》してくれたのは、たこめしのタコきちです。タコきちはイカのいかめしが嫌《きら》いです。「あいつはいつもいかめしい顔をしすぎる」。なるほど。

　まぜごはんをどうぞ。

２０１４年　はる

詩・内田麟太郎（うちだ　りんたろう）
福岡県生まれ。
詩集に「たんぽぽ　ぽぽぽ」（銀の鈴社）ほか。
詩の絵本に『いっしょに』ほか。
絵本に「うし」ほか。
2021年、福岡県大牟田市に、ともだちや絵本美術館が開館。
動物園にある絵本美術館。

大牟田市ともだちや絵本美術館
〒836-0876
福岡県大牟田市若宮町2-1
　大牟田市動物園内
Tel. 0944-32-8050

絵・長野ヒデ子（ながの　ひでこ）
1941年　愛媛県今治市生まれ
絵本「おかあさんがおかあさんになった日」（産経児童出版文化賞）
絵本「せとうち　たいこさん」シリーズ（日本絵本賞）（以上、童心社）
絵本「くまさん　はい」（福音館書店）等多数ある。

NDC911
神奈川　銀の鈴社　2022
90頁　21cm（まぜごはん）



ジュニアポエムシリーズ　237

まぜごはん

2014年　5月12日初版発行
2014年　6月29日２刷発行
2017年　4月　1日３刷発行
2022年11月29日４刷発行
本体1,200円＋税

著　者　　内田麟太郎© 絵・長野ヒデ子©
発行者　　西野大介
編集発行　㈱銀の鈴社 TEL 0467-61-1930　FAX 0467-61-1931
〒248-0017 神奈川県鎌倉市佐助 1-18-21 万葉野の花庵
https://www.ginsuzu.com
E-mail info@ginsuzu.com

ISBN978−4−87786−237−4 C8092
落丁・乱丁本はお取り替え致します

印刷　電算印刷
製本　渋谷文泉閣

# …ジュニアポエムシリーズ…

1 鈴木敏史詩集 宮下琢郎・絵 星の美しい村 ★☆
2 小池知子詩集 高志孝子・絵 おにわいっぱいぼくのなまえ ★☆
3 鶴岡千代子詩集 武田淑子・絵 白い虹 児文芸新人賞
4 楠木しげお詩集 久保雅勇・絵 カワウソの帽子
5 津坂治男詩集 垣内美穂・絵 大きくなったら ★◇
6 後藤れい子詩集 山本まつ子・絵 あくたれぼうずのかぞえうた
7 北村蔦子詩集 柿本幸造・絵 あかちんらくがき
8 吉田瑞穂詩集 吉田翠・絵 しおまねきと少年 ★⌺◎
9 新川和江詩集 葉祥明・絵 野のまつり ★☆
10 阪田寛夫詩集 織茂恭子・絵 夕方のにおい ★◈○☆
11 高田敏子詩集 若山憲・絵 枯れ葉と星 ★☆
12 原田直友詩集 吉田翠・絵 スイッチョの歌 ★◎
13 小林純一詩集 久保雅勇・絵 茂作じいさん ★♪◉☆◎
14 谷川俊太郎詩集 長新太・絵 地球へのピクニック ★◎◇
15 与田準一詩集 深沢省三・深沢紅子・絵 ゆめみることば ★

16 岸田衿子詩集 中谷千代子・絵 だれもいそがない村
17 江間章子詩集 榊原直美・絵 水と風 ◇◎
18 原田直友詩集 小野まり・絵 虹—村の風景— ★
19 福田正夫詩集 福田達夫・絵 星の輝く海 ★☆
20 草野心平詩集 長野ヒデ子・絵 げんげと蛙 ★☆○◇
21 宮田滋子詩集 青木まさる・絵 手紙のおうち ☆○
22 久保田昭三詩集 斎藤彬子・絵 のはらでさきたい
23 鶴岡千代子詩集 加倉井和夫・武田淑子・絵 白いクジャク ★♪
24 尾上尚子詩集 まど・みちお・絵 そらいろのビー玉 ★☆ 児文協新人賞
25 水上紅詩集 深沢紅子・絵 私のすばる ☆
26 野呂昶詩集 福島一二三・絵 おとのかだん ★
27 こやま峰子詩集 武田淑子・絵 さんかくじょうぎ ☆
28 青戸かいち詩集 駒宮録郎・絵 ぞうの子だって
29 まきたかし詩集 福田達夫・絵 いつか君の花咲くとき ★☆♡
30 薩摩忠詩集 駒宮録郎・絵 まっかな秋 ★☆♡

31 新川和江詩集 福島一二三・絵 ヤァ!ヤナギの木 ★☆○♡
32 井上靖詩集 駒宮録郎・絵 シリア沙漠の少年 ★☆♡
33 古村徹三 詩・絵 笑いの神さま
34 江上波夫詩集 青空風太郎・絵 ミスター人類 ○☆
35 秋原秀夫詩集 鈴木義治・絵 風の記憶 ★◎
36 水村三千夫詩集 武田淑子・絵 鳩を飛ばす
37 久冨純江詩集 渡辺安芸夫・絵 風車 クッキングポエム
38 日野生三詩集 吉野晃希男・絵 雲のスフィンクス ★
39 佐藤雅子詩集 佐藤太清・広瀬きよみ・絵 五月の風 ★
40 小黒恵子詩集 武田淑子・絵 モンキーパズル ★
41 木村信子詩集 山本典子・絵 でていった
42 中野栄子詩集 吉田翠・絵 風のうた ☆
43 宮田滋子詩集 牧村慶子・絵 絵をかく夕日 ★
44 大久保ティ子詩集 渡辺安芸夫・絵 はたけの詩 ★☆
45 秋原秀夫詩集 赤星亮衛・絵 ちいさなともだち ♥

☆日本図書館協会選定（2015年度で終了）　♪日本童謡賞　♧岡山県選定図書　◇岩手県選定図書
★全国学校図書館協議会選定（SLA）　♡日本子どもの本研究会選定　◆京都府選定図書
□少年詩賞　■茨城県すいせん図書　♥秋田県選定図書　⌺芸術選奨文部大臣賞
○厚生省中央児童福祉審議会すいせん図書　♣愛媛県教育会すいせん図書　◉赤い鳥文学賞　◈赤い靴賞

## …ジュニアポエムシリーズ…

46 日友靖子詩集 藤城清治・安西明美・絵 猫曜日だから ◆☆
47 秋葉てる代詩集 武田淑子・絵 ハープムーンの夜に ♡
48 こやま峰子詩集 山本省三・絵 はじめのいーっぽ ★♡
49 黒柳啓子詩集 金子滋・絵 砂かけ狐 ♡
50 三枝ますみ詩集 武田淑子・絵 ピカソの絵 ☆♡♪
51 夢虹二詩集 武田淑子・絵 とんぼの中にぼくがいる ♡○♥
52 はたちよしこ詩集 まど・みちお・絵 レモンの車輪 □♧
53 大岡信詩集 葉祥明・絵 朝の頌歌 ★☆♡♥◎
54 吉田瑞穂詩集 吉田翠・絵 オホーツク海の月 ★☆♡
55 さとう恭子詩集 村上保・絵 銀のしぶき ★☆♡
56 星乃ミミナ詩集 葉祥明・絵 星空の旅人 ★☆♡
57 葉祥明詩・絵 ありがとう そよ風 ★♡▲
58 青戸かいち詩集 初山滋・絵 双葉と風
59 小野ルミ詩集 和田誠・絵 ゆきふるるん ★☆♪♡
60 なぐもはるき詩・絵 たったひとりの読者 ★♡♧

61 小関秀夫詩集 小倉玲子・絵 風《かざ》栞《しおり》 ★♡♥
62 海沼松世詩集 守下さおり・絵 かげろうのなか ☆♡
63 山本龍生詩集 小倉玲子・絵 春行き一番列車 ♡
64 小泉周二詩集 深沢省三・絵 こもりうた ★☆♡
65 かわてせいぞう詩集 若山憲・絵 野原のなかで ♡★♥
66 えぐちまき詩集 赤星亮衛・絵 ぞうのかばん ♡◆♥
67 池田あきつ詩集 小倉玲子・絵 天気雨 ♡
68 藤井則行詩集 君島美知子・絵 友へ ♡♤
69 藤哲生詩集 武田淑子・絵 秋いっぱい ★♠
70 日友靖子詩集 深沢紅子・絵 花天使を見ましたか ★
71 吉田瑞穂詩集 吉田翠・絵 はるおのかきの木 ★
72 小島禄琅詩集 中村陽子・絵 海を越えた蝶 ☆★♥♡
73 にしおまさこ詩集 杉田幸子・絵 あひるの子 ★
74 山下竹二詩集 徳田徳志芸・絵 レモンの木 ★
75 高崎乃理子詩集 奥山英俊・絵 おかあさんの庭 ★♡

76 檜きみこ詩集 広瀬弦・絵 しっぽいっぽん ★♪□☆♡
77 たかはしけいこ詩集 高田三郎・絵 おかあさんのにおい ♡♣□
78 星乃ミミナ詩集 深澤邦朗・絵 花かんむり ♥☆♡
79 佐藤照雄詩集 津波信久・絵 沖縄 風と少年 ☆♡★
80 相馬梅子詩集 やなせたかし・絵 真珠のように ♥★
81 小島禄琅詩集 深沢紅子・絵 地球がすきだ ★
82 鈴木美智子詩集 黒澤梧郎・絵 龍のとぶ村 ◇★♥
83 いがらしれいこ詩集 高田三郎・絵 小さなてのひら ☆
84 宮入黎子詩集 小倉玲子・絵 春のトランペット ☆★
85 下田喜久美詩集 方振寧・絵 ルビーの空気をすいました ☆
86 野呂昶詩集 方振寧・絵 銀の矢ふれふれ ★
87 ちよはらまちこ詩集 ちよはらまちこ・絵 パリパリサラダ ★
88 秋原秀夫詩集 徳田徳志芸・絵 地球のうた ☆★
89 中島あやこ詩集 井上緑・絵 もうひとつの部屋 ★
90 藤川こうのすけ詩集 葉祥明・絵 こころインデックス ☆

✲サトウハチロー賞
◌三木露風賞
♤福井県すいせん図書
▲神奈川県児童福祉審議会推薦優良図書
♠奈良県教育研究会すいせん図書
✧北海道選定図書
◈静岡県すいせん図書
◎学校図書館図書整備協会選定図書（SLBA）
✣毎日童謡賞
✿三越左千夫少年詩賞

## …ジュニアポエムシリーズ…

91 新井 和詩集　高田 三郎・絵　おばあちゃんの手紙 ☆★
92 はなわたえこ詩集　えばとかつこ・絵　みずたまりのへんじ ★♪
93 柏木恵美子詩集　武田 淑子・絵　花のなかの先生 ☆
94 中原千津子詩集　寺内 直美・絵　鳩への手紙 ★
95 高瀬美代子詩集　小倉 玲子・絵　仲なおり ★
96 杉本深由起詩集　若山 憲・絵　トマトのきぶん ☆★◎ 児文芸新人賞
97 宍倉さとし詩集　守下さおり・絵　海は青いとはかぎらない ♧
98 石井 英行詩集　有賀 忍・絵　おじいちゃんの友だち ■
99 なかのひろ詩集　アサト・シェラ・絵　とうさんのラブレター ☆★
100 小松 静江詩集　藤川 秀之・絵　古自転車のバットマン
101 石原 一輝詩集　加藤 真夢・絵　空になりたい ☆✤★
102 小泉 周二詩集　西 真里子・絵　誕生日の朝 ☆■★
103 くすのきしげのり童謡　わたなべあきお・絵　いちにのさんかんび ☆★
104 成本 和子詩集　小倉 玲子・絵　生まれておいで ☆★✤♡♧
105 伊藤 政弘詩集　小倉 玲子・絵　心のかたちをした化石 ★

106 川崎 洋子詩集　井戸 妙子・絵　ハンカチの木 □★☆
107 柘植 愛子詩集　油野 誠一・絵　はずかしがりやのコジュケイ ✤
108 新谷智恵子詩集　葉 祥明・絵　風をください ☆⟐☼♪♡✣
109 金親 尚子詩集　牧 進・絵　あたたかな大地 ☆
110 黒柳 啓子詩集　吉田 翠・絵　父ちゃんの足音 ☆★♡□
111 富田 栄子詩集　油野 誠一・絵　にんじん笛 ♡☆
112 原 国子詩集　高畠 純・絵　ゆうべのうちに ☆△
113 宇部 京子詩集　スズキコージ・絵　よいお天気の日に ○□♪☆◇★
114 武鹿 悦子詩集　牧野 鈴子・絵　お花見 ☆□
115 山本なおこ詩集　梅田 俊作・絵　さりさりと雪の降る日 ☆★
116 小林比呂古詩集　おおた慶文・絵　ねこのみち ☆
117 後藤れい子詩集　渡辺あきお・絵　どろんこアイスクリーム ☆
118 重清 良吉詩集　高田 三郎・絵　草の上 ☆□⊛◆★
119 宮中 雲子詩集　西 真里子・絵　どんな音がするでしょか ✲★
120 前山 敬子詩集　若山 憲・絵　のんびりくらげ ☆★

121 川端 律子詩集　若山 憲・絵　地球の星の上で ♡
122 たかはしけいこ詩集　織茂 恭子・絵　とうちゃん ♡⊛♣★
123 宮田 滋子詩集　深澤 邦朗・絵　星の家族 ☆♪
124 国沢たまき詩集　唐沢 静・絵　新しい空がある
125 池田あきつ詩集　小倉 玲子・絵　かえるの国 ★
126 黒田 恵子詩集　倉島千賀子・絵　ボクのすきなおばあちゃん ☆★♡
127 垣内 磯子詩集　宮崎 照代・絵　よなかのしまうまバス ☆♡★
128 小泉 周二詩集　佐藤 平八・絵　太陽へ ⊛★♪☆♡
129 中島 和子詩集　秋里 信子・絵　青い地球としゃぼんだま ☆★
130 のろさかん詩集　福島一二三・絵　天のたて琴 ☆
131 加藤 丈夫詩集　葉 祥明・絵　ただ今受信中 ☆★
132 北原 悠子詩集　深沢 紅子・絵　あなたがいるから ♡
133 池田もと子詩集　小倉 玲子・絵　おんぷになって ♡
134 鈴木 初江詩集　吉田 翠・絵　はねだしの百合 ★
135 垣内 磯子詩集　今井 俊・絵　かなしいときには ★

△長野県教育委員会すいせん図書　✡㈶日本動物愛護協会推薦図書
◈茨城県推奨図書　●児童ペン賞

# …ジュニアポエムシリーズ…

136 秋葉てる代詩集 やなせたかし・絵 おかしのすきな魔法使い ♪★
137 青戸かいち詩集 永田萠・絵 小さなさようなら ❀★
138 柏木恵美子詩集 高田三郎・絵 雨のシロホン ♡★
139 藤井則行詩集 阿見みどり・絵 春だから ♡★◎
140 黒田勲子詩集 山中冬児・絵 いのちのみちを
141 南郷芳明詩集 的場豊子・絵 花時計
142 やなせたかし 詩・絵 生きているってふしぎだな
143 内田麟太郎詩集 斎藤隆夫・絵 うみがわらっている
144 しまざきふみ詩集 島崎奈緒・絵 こねこのゆめ ♡
145 糸永えつこ詩集 武井武雄・絵 ふしぎの部屋から ♡
146 石坂きみこ詩集 鈴木英二・絵 風の中へ ♡
147 坂本のこ詩集 坂本こう・絵 ぼくの居場所 ♡
148 島村木綿子 詩・絵 森のたまご ❀
149 楠木しげお詩集 わたせせいぞう・絵 まみちゃんのネコ ★
150 牛尾良子詩集 上矢津・絵 おかあさんの気持ち ♡

151 三越左千夫詩集 阿見みどり・絵 せかいでいちばん大きなかがみ ★
152 水村三千夫詩集 高見八重子・絵 月と子ねずみ
153 川越文子詩集 横松桃子・絵 ぼくの一歩 ふしぎだね ★
154 すずきゆかり詩集 葉祥明・絵 まっすぐ空へ
155 西田純詩集 葉祥明・絵 木の声 水の声
156 清野倭文子詩集 水科舞・絵 ちいさな秘《ひ》密《みつ》
157 川奈静詩集 直江みちる・絵 浜ひるがおはパラボラアンテナ ★◎
158 若木良水詩集 西真里子・絵 光と風の中で
159 牧陽子詩集 渡辺あきお・絵 ねこの詩 ★◎
160 宮田滋子詩集 阿見みどり・絵 愛 一輪 ★◎
161 井上灯美子詩集 唐沢静・絵 ことばのくさり ☆♪
162 滝波万理子詩集 滝波裕子・絵 みんな王《おう》様《さま》 ★♪
163 冨岡みち詩集 関口コオ・絵 かぞえられへん せんぞさん ★
164 垣内磯子詩集 辻恵子・切り絵 緑色のライオン ★◎
165 すぎもとれいこ詩集 平井辰夫・絵 ちょっといいことあったとき ★

166 岡田喜代子詩集 おぐらひろかず・絵 千年の音 ★☆◎
167 川奈静詩集 直江みちる・絵 ひもの屋さんの空 ★◎☆♥♡
168 鶴岡千代子詩集 武田淑子・絵 白い花火 ★☆
169 井上灯美子詩集 唐沢静・絵 ちいさい空をノックノック ★◎☆
170 尾崎杏子詩集 ひなた山すじゅう郎・絵 海辺のほいくえん ☆♡★◎
171 柘植愛子詩集 やなせたかし・絵 たんぽぽ線路 ☆♡★◎♪
172 小林比呂古詩集 うめざわのりお・絵 横須賀スケッチ ☆★◎♡▲
173 林佐知子詩集 串田敦子・絵 きょうという日 ☆★◎♡▲
174 後藤基宗子詩集 岡澤由紀子・絵 風とあくしゅ ☆♥★◎♡
175 土屋律子詩集 高瀬のぶえ・絵 るすばんカレー ☆♡★◎▲
176 三輪アイ子詩集 深沢邦朗・絵 かたぐるましてよ ★☆♡
177 田辺瑞美子詩集 西真里子・絵 地球賛歌 ☆★◎
178 高瀬美代子詩集 小倉玲子・絵 オカリナを吹く少女 ☆♡
179 中野惠子詩集 串田敦子・絵 コロポックルでておいで ★♡☆♪
180 松井節子詩集 阿見みどり・絵 風が遊びにきている ★☆♡▲

# …ジュニアポエムシリーズ…

181 新谷智恵子詩集 徳田徳志芸・絵 とびたいペンギン 佐世保文学賞 ♡★◎▲
182 牛尾良子詩集 牛尾征治・写真 庭のおしゃべり ♡★◎
183 三枝ますみ詩集 高見八重子・絵 サバンナの子守歌 ☆★
184 佐藤雅子詩集 佐藤太清・絵 菊池治子・絵 空の牧《まき》場《ば》 ☆★♡■◎◈
185 山内弘子詩集 おぐらひろかず・絵 思い出のポケット ♡★♪
186 山内弘子詩集 阿見みどり・絵 花の旅人 ♡★▲
187 原国子詩集 牧野鈴子・絵 小鳥のしらせ ♡★△◎
188 人見敬子 詩・絵 方《はこ》舟《ぶね》地球号 —いのちは元気— ♡★◎
189 林佐知子詩集 串田敦子・絵 天にまっすぐ ★☆♡◎
190 小臣富子詩集 渡辺あきお・絵 わんさかわんさかどうぶつさん ✡♡★◎
191 川越文子詩集 かまだちえみ・写真 もうすぐだからね ♡★◎
192 永田喜久男詩集 武田淑子・絵 はんぶんごっこ ☆★◎♡
193 吉田房子詩集 大和田明代・絵 大地はすごい ★◎♡▲
194 石井春香詩集 高見八重子・絵 人魚の祈り ★♡
195 石原一輝詩集 小倉玲子・絵 雲のひるね ♡

196 たかはしけいこ詩集 髙橋敏彦・絵 そのあと ひとは ★
197 宮田滋子詩集 おおた慶文・絵 風がふく日のお星さま ★♡◎
198 渡辺恵美子詩集 つるみゆき・絵 空をひとりじめ ★♡♪
199 宮中雲子詩集 西真里子・絵 手と手のうた ★
200 杉本深由起詩集 太田大八・絵 漢字のかんじ ★♡✿
201 井上灯美子詩集 唐沢静・絵 心の窓が目だったら ★♡
202 峰松晶子詩集 おおた慶文・絵 きばなコスモスの道 ★♡
203 高橋文子詩集 山中桃子・絵 八丈太鼓 ★♡
204 長野貴子詩集 武田淑子・絵 星座の散歩 ★♡
205 江口正子詩集 高見八重子・絵 水の勇気 ♡☆★
206 藤本美智子 詩・絵 緑のふんすい ☆♡★
207 林佐知子詩集 串田敦子・絵 春はどどど ♡★◎
208 小関秀夫詩集 阿見みどり・絵 風のほとり ☆♡★▲
209 宗美津子詩集 宗信寛・絵 きたのもりのシマフクロウ ♡★
210 かわてせいぞう詩集 髙橋敏彦・絵 流れのある風景 ☆♡★

211 土屋律子詩集 高瀬のぶえ・絵 ただいまぁ ★♡☆◎▲
212 永田喜久男詩集 武田淑子・絵 かえっておいで ☆♡★
213 みたみちこ詩集 牧進・絵 いのちの色 ♡★
214 糸永えつこ詩集 糸永わかこ・絵 母です 息子です おかまいなく ♡☆★
215 宮田滋子詩集 武田淑子・絵 さくらが走る ♡☆★♪
216 柏木恵美子詩集 吉野晃希男・絵 ひとりぼっちの子クジラ ♡★◎
217 江口正子詩集 高見八重子・絵 小さな勇気 ♡☆★
218 井上灯美子詩集 唐沢静・絵 いろのエンゼル ★♡
219 中島あやこ詩集 日向山寿十郎・絵 駅伝競走 ★☆♡
220 高橋孝治詩集 髙見八重子・絵 空の道 心の道 ★♡
221 江口正子詩集 日向山寿十郎・絵 勇気の子 ♡☆★
222 宮田滋子詩集 牧野鈴子・絵 白鳥よ ☆★
223 井上良子詩集 銅版画 太陽の指環 ★
224 川越文子詩集 山中桃子・絵 魔法のことば ♡☆★
225 西本みさこ詩集 上司かのん・絵 いつもいっしょ ☆♡

# …ジュニアポエムシリーズ…

226 おばらいちこ詩集 髙見八重子・絵 ぞうのジャンボ ☆★♡
227 吉田房子詩集 本田あまね・絵 まわしてみたい石臼 ★♡
228 吉田房子詩集 阿見みどり・絵 花 詩 集 ★♡◎
229 田中たみ子詩集 唐沢静・絵 へこたれんよ ★◎
230 林佐知子詩集 串田敦子・絵 この空につながる ★♡
231 藤本美智子 詩・絵 心のふうせん ★♡
232 火星雅範詩集 西川律子・絵 ささぶねうかべたよ ★♡▲
233 吉田房子詩集 岸田歌子・絵 ゆりかごのうた ★♡
234 むらかみみちこ詩集 むらかみみちこ むらかみあくる・絵 風のゆうびんやさん ★♡
235 白谷玲花詩集 阿見みどり・絵 柳川白秋めぐりの詩 ★♡
236 ほさかとしこ詩集 内山つとむ・絵 神さまと小鳥 ★☆♡
237 内田麟太郎詩集 長野ヒデ子・絵 まぜごはん ☆★◎♡▲
238 小林比呂古詩集 出口雄大・絵 きりりと一直線 ♡★
239 牛尾良子詩集 おぐらひろかず・絵 うしの土鈴とうさぎの土鈴 ★◎♡
240 山本純子詩集 ルイコ・絵 ふ ふ ふ ★♡☆◎

241 神田亮 詩・絵 天使の翼 ★☆♡
242 かんざわみえ詩集 阿見みどり・絵 子供の心大人の心さ迷いながら ☆★◎▲
243 永田喜久男詩集 内山つとむ・絵 つながっていく ★☆♡
244 浜野木碧 詩・絵 海原散歩 ☆★◎♡
245 やまうち・しゅうへい詩集 山本省三・絵 風のおくりもの ☆★◎♡
246 すぎもとれいこ 詩・絵 てんきになあれ ★◎
247 冨岡みち詩集 加藤真夢・絵 地球は家族 ひとつだよ ♡☆◎★
248 北野千賀詩集 滝波裕子・絵 花束のように ♡☆★◎
249 石原一輝詩集 加藤真夢・絵 ぼくらのうた ♡★◎
250 土屋律子詩集 高瀬のぶえ・絵 まほうのくつ ♡☆★◎▲
251 津坂治男詩集 井上良子・絵 白い太陽 ☆♡★◎
252 石井英行詩集 よしだちなつ・表紙絵 野原くん ☆★♡◎▲
253 井上灯美子詩集 唐沢静・絵 たからもの ☆♡★
254 大竹典子詩集 加藤真夢・絵 おたんじょう ☆★
255 たかはしけいこ詩集 織茂恭子・絵 流 れ 星 ★♡

256 谷川俊太郎詩集 下田昌克・絵 そ し て ♡★◎
257 なんば・みちこ詩集 布下満・絵 トックントックン 大空で大地で ★◎
258 宮本美智子詩集 阿見みどり・絵 夢の中に そっと ★◎♡
259 成本和子詩集 阿見みどり・絵 天使の梯子 ★◎
260 海野文音詩集 牧野鈴子・絵 ナンドデモ ★♡
261 熊谷本郷詩集 永田萠・絵 かあさん かあさん ★♡
262 大楠翠詩集 吉野晃希男・絵 おにいちゃんの紙飛行機 ★♡♪
263 久保恵子詩集 たかせちなつ・絵 わたしの心は 風に舞う ★♡
264 みずかみさやか詩集 葉祥明・絵 五月の空のように ★♡
265 尾崎昭代詩集 中辻アヤ子・絵 たんぽぽの日 ★
266 はやしゆみ詩集 渡辺あきお・絵 わたしはきっと小鳥 ★
267 田沢節子詩集 永田萠・絵 わき水ぷっくん △★♡
268 柘植愛子詩集 そねはらまさえ・絵 赤いながぐつ ★♡
269 馬場与志子詩集 日向山寿十郎・絵 ジャンケンポンでかくれんぼ ♡★
270 内田麟太郎詩集 高畠純・絵 たぬきのたまご ★●♡

## …ジュニアポエムシリーズ…

271 むらかみみちこ詩・絵 家族のアルバム ★♡
272 井上和子詩集 吉田瑠美・絵 風のあかちゃん ★♡
273 佐藤一志詩集 日向山寿十郎・絵 自然の不思議 ♡★
274 小沢千恵 詩・絵 やわらかな地球 ♡★
275 あべこうぞう詩集 大谷さなえ・絵 生きているしるし ♡★
276 宮田滋子詩集 田中槇子・絵 チューリップのこもりうた ★♡
277 林佐知子詩集 葉祥明・絵 空の日 ★♡
278 いしがいようこ 詩・絵 ゆれる悲しみ ★♡
279 村瀬保子詩集 武田淑子・絵 すきとおる朝 ♡★
280 あわのゆりこ詩集 高畠純・絵 まねっこ ★♡
281 川越文子詩集 福田岩緒・絵 赤い車 ★♡
282 白石はるみ詩集 かないゆみこ・絵 エリーゼのために ★♡
283 尾崎杏子詩集 日向山寿十郎・絵 ぼくの北極星 ♡★
284 壱岐梢詩集 葉祥明・絵 ここに ★
285 野口正路詩集 山手正彦・絵 光って生きている ★◎

286 樋口てい子詩集 串田敦子・絵 ハネをもったコトバ ★◎
287 火星雅範詩集 西川律子・絵 ささぶねにのったよ
288 大楠翠詩集 吉野晃希男・絵 はてなとびっくり ★◎✿
289 大澤清詩集 阿見みどり・絵 組曲 いかに生きるか ★
290 たかはしけいこ詩集 織茂恭子・絵 いっしょ ★♡◎
291 内田麟太郎詩集 大野八生・絵 なまこのぽんぽん ★◎○
292 はやしゆみ詩集 はなてる・絵 こころの小鳥 ♡★◎
293 いしがいようこ 詩・絵 あ・そ・ぼ！ ★♡◎
294 帆草とうか 詩・絵 空をしかくく切りとって ★♡
295 土屋律子詩集 吉野晃希男・絵 コピーロボット ★◎♡
296 川上佐貴子詩集 はなてる・絵 アジアのかけ橋 ♡★◎
297 西沢杏子詩集 東逸子・絵 さくら貝とプリズム ♡★◎
298 鈴木初江詩集 小倉玲子・絵 めぐりめぐる水のうた ★◎
299 白谷玲花詩集 牧野鈴子・絵 母さんのシャボン玉 ◎★
300 ゆふあきら詩集 ゆふくみこ・絵 やまぐちかおる・絵 すずめのバスケ ♡★◎

301 半田信和詩集 吉野晃希男・絵 ギンモクセイの枝先に ★◎
302 弓削田健介詩集 葉祥明・絵 優《やさ》しい詩《うた》のお守《まも》りを ★
303 内田麟太郎詩集 井上コトリ・絵 たんぽぽ ぽぽぽ
304 宮本美智子詩集 阿見みどり・絵 水色の風の街
305 星野良一詩集 ながしまよいち・絵 星の声、星の子へ
306 うたかいずみ詩集 しんやゆう子・絵 あしたの木
307 藤本美智子 詩・絵 木の気分

＊刊行の順番はシリーズ番号と異なる場合があります。

ジュニアポエムシリーズは、子どもにもわかる言葉で真実の世界をうたう個人詩集のシリーズです。

本シリーズからは、毎回多くの作品が教科書等の掲載詩に選ばれており、1974年以来、全国の小・中学校の図書館や公共図書館等で、長く、広く、読み継がれています。

心を育むポエムの世界。

一人でも多くの子どもや大人に豊かなポエムの世界が届くよう、ジュニアポエムシリーズはこれからも小さな灯をともし続けて参ります。

## 銀の小箱シリーズ　四六変型

- 葉 祥明・詩・絵　小さな庭
- 若山 憲 詩・絵　白い煙突
- こばやしひろこ・詩　うめざわのりお・絵　みんななかよし
- 江口正子・詩　油野誠一・絵　みてみたい
- やなせたかし 詩・絵　あこがれよなかよくしよう
- 冨岡みち・詩　関口コオ・絵　ないしょやで
- 小林比呂古・詩　神谷健雄・絵　花かたみ
- 小泉周二・詩　辻 友紀子・絵　誕生日・おめでとう
- 柏原耿子・詩　阿見みどり・絵　アハハ・ウフフ・オホホ★♡▲
- こばやしひろこ・詩　うめざわのりお・絵　ジャムパンみたいなお月さま★▲

## 小さな詩の絵本　新企画　オールカラー・A6判

- 内田麟太郎・詩　たかすかずみ・絵　いっしょに♡★◎

## すずのねえほん　B5判・A4変型版

- たかはしけいこ・詩　中釜浩一郎・絵　わたし★◎
- 尾上尚子・詩　小倉玲子・絵　ぽわぽわん
- 糸永えつこ・詩　高見八重子・絵　はるなつあきふゆもうひとつ★ 児文芸新人賞
- 山口敦子・詩　高橋宏幸・絵　ばあばとあそぼう
- あらい・まさはる・童謡　しのはらはれみ・絵　けさいちばんのおはようさん
- 佐藤雅子・詩　佐藤太清・絵　こもりうたのように♪ 美しい日本の12ヵ月 日本童謡賞
- 柏木隆雄・詩　やなせたかし他・絵　かんさつ日記★♡
- マリウス・マルツィンケヴィチウス・詩　ラサ・ヤンチャウスカイテ・絵　きむらあや・訳　ちいさな ちいさな♡◎★

## 銀の鈴文庫　文庫サイズ・A6判

- 小沢千恵・詩　下田昌克・絵　あのこ♡▲

## アンソロジー　A5判

- 渡辺浦人・編　村上 保・絵　赤い鳥 青い鳥♪
- わたげの会・編　渡辺あきお・絵　花ひらく★
- 西木曜会・編　真里子・絵　いまも星はでている★
- 西木曜会・編　真里子・絵　いったりきたり♡
- 西木曜会・編　真里子・絵　宇宙からのメッセージ
- 西木曜会・編　真里子・絵　地球のキャッチボール★◎
- 西木曜会・編　真里子・絵　おにぎりとんがった☆★◎
- 西木曜会・編　真里子・絵　みぃーつけた♡★◎
- 西木曜会・編　真里子・絵　ドキドキがとまらない
- 西木曜会・編　真里子・絵　神さまのお通り★
- 西木曜会・編　真里子・絵　公園の日だまりで★♡
- 西木曜会・編　真里子・絵　ねこがのびをする♡★

## 掌の本 アンソロジー　A7判

- こころの詩 I　品切
- しぜんの詩 I
- いのちの詩 I　品切
- ありがとうの詩 I　品切
- 詩集 希望
- 詩集 家族
- いのちの詩集―いきものと野菜
- ことばの詩集―方言と手紙
- 詩集―夢・おめでとう
- 詩集―ふるさと・旅立ち

## 掌の本　A7判

- 森埜こみち・詩　こんなときは！